Das Buch

Wer anders als Oma Otti könnte mit fast achtzig noch ans Heiraten denken?! Dabei ist der sechste Ehemann noch gar nicht unter der Erde. In diesem Auf und Ab der Verwirrungen wird schließlich Fisch-Winkler mit einer Bierflasche erschlagen – ein Mord, der das Leben auf dem Boxhagener Platz gründlich auf den Kopf stellt …
Dieser von lakonischem Witz und feiner Ironie durchzogene Roman taucht ab ins tiefe Ostberlin des Jahres 1968: Die Studentenrevolte im Westen, der erste Kuss, Boxen und Fußballspielen, eine fidele Großmutter, die Expertin für Scheintod und Gegnerin des Zickenbarts Walter Ulbricht ist, und nicht zuletzt ein ehemaliger Spartakuskämpfer als zukünftiger Großvater – die Welt um den Boxhagener Platz ist schillernd, doppelbödig und alles andere als langweilig.

»Und nach den knapp 200 Seiten ist das Wunder geschehen, dass man beginnt, sich nach einem kleinen Platz im Osten Berlins zu sehnen, als sei er ein Teil der eigenen Heimat.« *Rheinischer Merkur*

Der Autor

Torsten Schulz, 1959 in Ostberlin geboren, ist Autor preisgekrönter Spielfilme (u. a. *Raus aus der Haut*), Regisseur von Dokumentarfilmen (u. a. *Kuba Sigrid*) und Professor für Praktische Dramaturgie an der Filmhochschule Potsdam-Babelsberg. *Boxhagener Platz* ist sein erster Roman, dessen Hörspielfassung diverse Auszeichnungen erhielt. Torsten Schulz lebt in Berlin.

Von Torsten Schulz ist in unserem Hause bereits erschienen:

Revolution und Filzläuse

Torsten Schulz

Boxhagener Platz

Roman

Ullstein

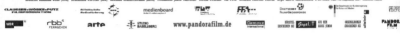

Besuchen Sie uns im Internet:
www.ullstein-taschenbuch.de

Dieses Taschenbuch wurde auf FSC-zertifiziertem Papier gedruckt.
FSC (Forest Stewardship Council) ist eine nichtstaatliche, gemeinnützige
Organisation, die sich für eine ökologische und sozialverantwortliche
Nutzung der Wälder unserer Erde einsetzt.

Neuausgabe im Ullstein Taschenbuch
1. Auflage Februar 2010
2. Auflage 2010
© Ullstein Buchverlage GmbH, Berlin 2005
© 2004 by Ullstein Heyne List GmbH & Co. KG, München/Ullstein Verlag
Umschlaggestaltung: HildenDesign, München
Titelabbildung: © Pandora Film GmbH & Co. Verleih KG
Satz: Pinkuin Satz und Datentechnik, Berlin
Papier: Pamo Super von Arctic Paper Mochenwangen GmbH
Druck und Bindearbeiten: CPI – Ebner & Spiegel, Ulm
Printed in Germany
ISBN 978-3-548-28150-6

1

Fast jeden Tag besuchte Oma Otti den St.-Petri-Friedhof. Da wunderte es mich nicht, dass sie sich auch an diesem 7. Oktober 1968 auf den Weg dorthin machte. Der 7. Oktober war der Tag der Republik, aber für meine Großmutter kein Grund, von ihren alltäglichen Gewohnheiten abzusehen. Im Gegenteil: Dass sie auf den Friedhof ging und nicht zur Ehrenparade der Nationalen Volksarmee oder zumindest zu Hause blieb, war so etwas wie ihr persönlicher Protest.

Ich war an diesem Tag wie an fast jedem auf dem Boxhagener Platz. Ich spielte mit Jimmy Glitschie und Mirko Buskow Fußball. Wir schossen abwechselnd aufs Trafohäuschen und freuten uns, wenn der Ball weit abprallte und wir uns ziemlich Mühe geben mussten, ihn abzufangen, bevor er auf dem Fahrdamm landete.

»Holger, nu komm mal.« Meine Großmutter stand plötzlich hinter mir. Die Harke und die Gießkanne, die sie bei sich trug, zeigten unmissverständlich an, wohin es gehen sollte.

»Kannst nachher weiter spielen«, sagte sie, was so viel hieß, dass ich sie zu begleiten hatte und dass es dafür keine Ausrede gab.

»Bis nachher«, sagte Jimmy, und Mirko Buskow wünschte mit unverhohlener Schadenfreude: »Viel Vergnügen.«

Sie drückte mir die Gießkanne, dieses hässliche Ding aus grauem Blech, in die Hand und tippelte mit kurzen, schnellen Schritten voran. Keine Viertelstunde und wir waren an der Karl-Marx-Allee. Wie jedes Jahr zum 7. Oktober fuhren Panzer und Raketenwerfer mit lautem Dröhnen die Allee hinunter. Soldaten schauten aus den Fahrzeugluken und ließen sich von Spalier stehenden Männern und Frauen, Jungen und Mädchen zuwinken. Es war mir jedes Mal aufs Neue peinlich, mit dieser Gießkanne herumzulaufen. Noch peinlicher aber war es mir, mich in unmittelbarer Nähe der Jubelnden zu befinden und womöglich mit denen in einen Topf geworfen zu werden. Am peinlichsten war die Situation durch das lautstarke Zetern meiner Großmutter. Na ja, wenigstens konnte ich von ihr lernen, wie man tüchtig schimpft.

»Jetzt versperr'n die einem schon 'n Weg zum Friedhof, die Aasbande«, rief sie mir wütend zu. Die Aasbande, das waren »die Kommunistensäcke« oder »Ulbrichts Halunken«, wie Oma Otti sie zu anderen Gelegenheiten auch nannte. Sie fuchtelte mit der langstieligen Harke in der Luft herum, als wolle sie den Armeefahrzeugen drohen. Mein Gott, dachte ich, hoffentlich sieht mich niemand, der mich kennt!

Täglich ging ich nach der Schule zu ihr zum Mittagessen, und schon an der Wohnungstür empfing sie mich nicht selten mit Sätzen wie: »Frau Runkehl is heut' uff einmal zum Arzt, und det Grab von ihrem Mann is schon janz trocken. Jibt Kohlrüben.« Oder: »Die Schneidern is nich mehr so jut uff de Beine, da will ick se mal 'n bisschen helfen.«

Meine Großmutter hatte ein ausgesprochenes Interesse für die gebrechlichsten Frauen unseres Viertels und deren Gräber. Genauer gesagt: Die Gräber der Ehemänner, neben denen wohl bald auch die Gattinnen zu liegen kommen würden. »Nich lange, und Alma is ooch drinne«, sagte sie zum Beispiel und wischte mit einem feuchten Lappen sorgfältig den Grabstein ab. Oder: »Na, Herbert, haste schon Sehnsucht nach deine Else? 'n bisschen musste noch Jeduld haben. 'n bisschen aber nur.«

Wenn ich nach den Friedhofsbesuchen wieder auf den Boxhagener Platz kam, tat ich stets so, als hätte es gar keine Unterbrechung gegeben. Nur meine Mitspieler konnten es sich nicht verkneifen, die eine oder andere Bemerkung loszuwerden: »Na, gibt's neue Leichen?« Oder: »Mensch, Alter, du riechst ja richtig modrig.«

»Komm mal, komm mal«, rief mich Oma Otti, der ich offenbar nicht schnell genug sein konnte. Meine Güte, war sie heute in Eile. Ich fürchtete schon, sie würde sich durch das Spalier drängeln und über den Fahrdamm flitzen, ungeachtet der Panzerkolonne. Doch Gott sei Dank benutzten wir die Unterführung zur U-Bahn-Station Marchlewskistraße, um auf die andere Seite der Karl-Marx-Allee zu gelangen. »Nu haben wir's aber gleich jeschafft«, rief sie fröhlich, als hätte sie einen grandiosen Sieg errungen, und legte noch ein paar Schritte zu.

Kaum aber waren wir am Friedhofseingang angekommen, blieb sie plötzlich stehen und schaute sich um. Fast wäre ich in sie hineingelaufen. Was war denn nun wieder los? Hatte sie vergessen, in welcher Reihenfolge sie die

Gräber gießen wollte? Ich sah sie beunruhigt an. »Na also«, flüsterte sie plötzlich. »Da is er.«

Das klang nach Gefahr. Nach Angriff. Aber es schwang auch Neugierde mit und Vorfreude. Sie hob das Kinn und schlenderte los, während sie ihren Blick über Gräberreihen wandern ließ. Nur der unbewegliche Kopf verriet ihre Anspannung. Nach über dreißig Metern zischelte sie in eindringlichem Flüsterton: »Janz unauffällig, dreh dir mal janz unauffällig um.« Sie selbst hatte sich bei diesen Worten natürlich nicht umgedreht. »Janz unauffällig«, wiederholte sie.

Ich drehte mich um, aber wohl doch nicht unauffällig genug: Der Mann, der uns folgte, hob zum Gruß seine Hand, und ich wandte mich schleunigst wieder um.

»Und?« Oma Otti war ganz Ohr.

Ich kannte diesen Mann. »Einer von Opa Rudis Suffköppen«, sagte ich. Die Bezeichnung ›Suffköppe‹ stammte von meiner Großmutter und gehörte zu meinen Lieblingsausdrücken.

»Det weeß ick«, entgegnete sie etwas ungeduldig. »Wat macht er?«

»Er kommt uns hinterher.«

»So hab ick mir's jedacht«, sagte sie im nüchternsten Tonfall, ging noch drei Schritte und blieb erneut stehen.

»Guten Tag, Frau Henschel«, legte auch gleich der Verfolger los, der zu uns aufgeschlossen hatte. »Das freut mich aber, dass Sie wirklich gekommen sind.«

»Naja«, sagte meine Großmutter, »ick komm ja nu fast jeden Tag hierher. Ick meine, is ja nu nischt Besonderet, nich wahr. Det is übrigens mein Enkel, Holger.«

Hatte ich etwas ausgefressen? Oder setzte mich meine

Großmutter gerade als unverfängliches Gesprächsthema ein?

»Na, den kenn ick doch«, sagte der Mann. »Den seh ick doch fast jeden Tag auf 'm Boxhagener Platz.«

Auch ich sah ihn fast jeden Tag, wenn er in den FEUERMELDER ging, um Skat zu spielen und Bier zu trinken. Besonders sein Kopf hatte mich immer beeindruckt, der viel zu groß für den schmalen Körper zu sein schien. Vor allem der Hals musste viel Kraft haben, um so einen Kopf zu tragen, dachte ich. Nicht nur der Kopf, auch die Nase war groß, groß und knollig und, wie ich erst jetzt in der Nähe sehen konnte, mit Poren, in die man Streichhölzer hätte stecken können. Aha, so sahen sie wohl aus, Poren einer Säufernase. Ich konnte meinen Blick kaum abwenden.

»Aber nichts für ungut«, sagte der Besitzer dieser Nase. »Weshalb ick Sie hergebeten habe, is Folgendes: Ick fahre für drei Wochen nach drüben, nach Bayern genauer gesagt, paar Verwandte besuchen. Und da wollte ick Sie bitten, ob Sie meine Frau nich mal mitgießen können.« Offenbar hatte er Angst, dass Oma Otti ihm seine Bitte abschlagen könnte, denn ohne Punkt und Komma redete er weiter: »Ick kann Ihnen auch gleich mal das Grab zeigen. Das is ja besser, nich wahr, als wenn ick's Ihnen beschreiben würde, und Sie würden vielleicht ewig suchen müssen. Is auch ganz pflegeleicht. Ick meine, Sie brauchen nich zu harken oder Unkraut zu zupfen. Bloß 'n bisschen gießen, und damit hat sich's. Und wenn's regnen sollte, na, dann hat sich's sowieso erledigt.«

Er lachte ein bisschen, wie über einen Witz oder vielleicht nur aus Verlegenheit. Oma Otti war sichtlich verblüfft. »Na ja, warum eigentlich nich. Bin ja sowieso immer hier.« Dann konnte sie ihr Wissen nicht zurückhalten: »Wo det Grab Ihrer Frau is, det weeß ick natürlich.«

Der Mann mit dem großen Kopf und der großen Porennase strahlte übers ganze Gesicht. Offenbar freute er sich, dass ihm meine Großmutter schon so viel Beachtung geschenkt hatte. Prompt aber sagte sie: »Also, ick kenne von allen möglichen Leuten die Gräber, jedenfalls uff diesem Friedhof. Is nischt Besonderet. Is nischt weiter als mein Hobby, versteh'n Se?«

»Verstehe.« Er nickte. Aber vielleicht überlegte er auch nur, was er um Gottes willen als Nächstes sagen sollte.

»Na ja, wir müssen denn mal weiter«, sagte meine Großmutter. »Holger hat's eilig. Der will noch Fußball spielen.«

Sogleich setzte sie sich in Bewegung, als stünde der Anpfiff eines außerordentlich bedeutungsvollen Fußballspiels, an dem ich unbedingt teilnehmen müsste, in wenigen Minuten bevor. Noch nie war ihr mein Fußball wichtig gewesen. Nun gut, mir sollte es recht sein. Ich folgte ihr mit der Gießkanne in der Hand. Nach etwa fünfzig Metern aber blieb sie wieder stehen. Im Schutze einer Familiengruft spähte sie zum Ausgang des Friedhofes. Und dann, kaum dass der Mann, der sie gebeten hatte, das Grab seiner Frau zu gießen, den Friedhof verlassen hatte, sagte sie zu mir: »Na, komm mal. Ick zeig dir, wat da jegossen werden soll. Mach dir uff wat jefasst.«

Und wieder konnte es ihr nicht schnell genug gehen. Keine Minute, und wir waren da: Ein kleines Urnengrab, wie die allermeisten, die meine Großmutter pflegte. »Da, kuck dir det an.« Sie zeigte vorwurfsvoll auf das wuchernde Unkraut. Keine Pflanze, kein schmückendes Laub, nichts. Nur Unkraut, aus dem ein schmales Holzkreuz herausragte. Auf dem Holzkreuz stand: »Hier ruht sanft und still Magda Wegner (geb. 1890 – gest. 1967)«. Dass sie still ruhte, war eigentlich so selbstverständlich, dass man es nicht erwähnen musste, fand ich. Oma Otti stellte nur fest: »'ne ruhige Frau, die keinem wat zuleide tat. So 'n Grab hat se nich verdient.«

Vor knapp einem Jahr war sie unter die Erde gekommen, wie meine Großmutter sagte, und seitdem war das Grab nicht ein Mal gepflegt, geschweige denn bepflanzt worden.

»Warum«, bemerkte ich, »soll es nun auf einmal gegossen werden?«

»Damit det Unkraut besser wächst«, sagte Oma Otti und lachte. Dann aber wurde sie ganz ernst und sagte ziemlich eindeutig: »Nee, der will wat von mir. Oder meinste, der wär jestern einfach so auf mich zujekommen und hätt mir jefragt, ob er mir heute uff 'm Friedhof mal wat fragen darf? Meinste, der würde sich so benehmen, wenn er sich nich an mir ranmachen will?«

2

Dass Karl Wegner – so hieß der hinterbliebene Ehemann von Magda Wegner – am 6. Oktober meine Großmutter angesprochen hatte, um sie am Siebenten gewissermaßen ums Unkrautgießen zu bitten, war nicht die
erste Geste seiner Aufmerksamkeit.

»Seit zwei Wochen kuckt er mir nach«, schrie mir Oma
Otti auf dem Rückweg im Gedröhn der Militärfahrzeuge
zu. »Nich nur wenn ick zum Friedhof geh, ooch uff 'm
Markt, einmal schon, als ick nur aus der Haustür kam.
Steht da, kuckt und grüßt … Und weeßte, seit wann?« Ihre
Stimme kippte fast über, dann beantwortete sie sich selbst
die Frage: »Seitdem Rudi nich uff 'm Damm is. Wat sagste
dazu?« Mit dieser Frage war ihr die Puste ausgegangen.

Tatsächlich lag Rudi, der Ehemann meiner Großmutter, seit zwei Wochen im Bett. Oder er schlich mit seinen
Kopfschmerzen zum Klo, wo er eine halbe oder eine ganze Stunde sitzen blieb, sodass ich schon gelegentlich
dachte, er kommt überhaupt nicht mehr wieder. Oma
Otti öffnete dann die Klotür, um nach ihm zu sehen.
»Kannste nich wenigstens mal spülen?«, hörte ich sie wütend rufen. Er lebte also und spülte unverzüglich, um
weiteren Ärger mit meiner Großmutter zu vermeiden.

Ja, was sagte ich dazu? Karl Wegner, wie Rudi Stammgast im FEUERMELDER, immer noch frisch gebackener Witwer, mit der mehr oder minder unverhohlenen Absicht, seinem kränkelnden Saufkumpan die Gattin auszuspannen? »Das hätt ich nicht gedacht«, sagte ich und gab mich bei dieser Bemerkung weitaus weltmännischer, als ich war. »Das hätt ich aber wirklich nicht gedacht.«

»Wie?«, entgegnete Oma Otti prompt. »Seh ick etwa aus wie 'ne alte Schreckschraube?«

»Gott bewahre«, beeilte ich mich zu sagen, »ganz im Gegenteil.«

Ich überlegte, was das Gegenteil einer alten Schreckschraube war, aber ich kam zu keinem Ergebnis. Für mich sah meine Großmutter so aus wie sie eben aussah. Ich stellte fest, dass ich mir noch nie Gedanken darüber gemacht hatte. Gut, sie war vierundsiebzig Jahre alt, höchstens eins sechzig, trug, wie eigentlich alle alten Frauen, graue Sachen, und ihre grauen Haare hingen ganz glatt an ihrem Kopf herunter. Wenn sie mich in den Arm nahm, mochte ich ihren Geruch nach Eukalyptusbonbons, ihre Körperwärme und dass ich so tun konnte, als ob ich es nicht mochte. Sie ließ mich dann frei, aber ich konnte mich darauf verlassen, dass sie mich am nächsten Tag wieder umarmen würde. Genauso wie ich täglich bei ihr Mittagessen bekam. Worauf ich mich nicht verlassen konnte, war, dass es mein Lieblingsessen gab: Schnitzel mit Spiegelei. Ganz im Gegenteil: Oft genug gab's Graupen oder Lungenhaschee. Dass sich nun ein Mann an sie ranmachte – also sie vielleicht sogar küssen wollte –, und sei es ein Mann wie dieser Karl, der noch älter und noch faltiger war als sie, schien mir, gelinde gesagt, ziemlich abwegig.

Es sollte aber noch abwegiger kommen: Kaum waren wir in die Grünberger Straße eingebogen, die geradewegs zum Boxhagener Platz führt, als Erich Winkler alias Fisch-Winkler meiner Großmutter aus seinem Laden mit schleimigem Lächeln zurief: »Schönen juten Tach, Frau Henschel. Wie jeht's denn so?«

Oma Otti blieb widerwillig stehen. »Jut jeht's. Jut.«

Fisch-Winkler, ein Mann mit blasser, schuppiger Haut, dicken Lippen und etwas hervorquellenden Augen, trat aus seinem Laden. »Na, war'n wir wieder mal uff'm Friedhof?«

»Na, det sieht man doch, oder?«, entgegnete meine Großmutter und wies mit einem knappen Kopfnicken auf die Harke in ihrer und die Blechgießkanne in meiner Hand.

Fisch-Winkler sah sich zu einem Themenwechsel veranlasst: »Ick hab schöne neue Makrelen jeliefert bekomm'. Woll'n Se mal kosten? Is ooch umsonst.«

»Nee, danke«, sagte Oma Otti. »Ick mach mir nischt aus Makrelen. Ick mach mir eigentlich überhaupt nischt aus Fische.«

»Det hör ick ja zum ersten Mal«, sagte Fisch-Winkler erstaunt. Und Recht hatte er: Das war eine glatte Lüge.

»Ja, aber … warum hat Rudi immer soviel Fisch jekooft?«

»Weil er selber nich jenuch davon kriegen konnte. Deshalb hat er immer soviel jekooft.«

Konnte? Hatte sie konnte gesagt? Als ob er nicht mehr am Leben wäre.

»Wie jeht's ihm denn eijentlich?«, fragte Fisch-Winkler nun mit einer Anteilnahme, die bei weitem nicht so echt war wie sein Erstaunen zuvor. »Ick meine, man hört ja nischt Jutet.«

»Eijentlich jeht's ihm schon wieder wunderbar«, log meine Großmutter abermals, und Fisch-Winkler sagte süßsauer: »Na, det is aber prima.«

Oma Otti zog mich schon zum Weitergehen, als Fisch-Winkler einen letzten Versuch startete: »Wissen Se, Frau Henschel, warum ick extra heut' am Feiertag uffjemacht hab, obwohl et ja eijentlich verboten is? Ick hab nämlich irjendwie jeahnt, dass Sie vorbeikomm'. Ick hab da so 'n siebenten Sinn, wissen Se.«

Meine Güte, jetzt musste er aber aufpassen, dass ihm sein Gesicht nicht auseinander fiel vor lauter Lächeln.

»Das ist aber nett, Herr Winkler«, entgegnete ihm Oma Otti in unvermutetem Hochdeutsch. Nun gingen wir endgültig weiter, und sofort raunte sie mir mit einem regelrecht diebischen Vergnügen zu: »Der is schon seit Jahren scharf uff mir. Und jetzt hofft er, dass Rudi nich mehr jesund wird.«

Unfassbar! Meine Großmutter hatte also nicht nur einen, sondern gleich zwei Verehrer: Beide Saufkumpane von Opa Rudi, beide Stammgäste im FEUERMEL-DER, beide um die achtzig, verwitwet und eindeutig auf Freiersfüßen. Wussten die denn nicht, dass Oma Otti der Ruf anhing, die Männer ins Grab zu schicken? Sie dachten wohl, dass jetzt Rudi an der Reihe sei und hielten sich selbst offenbar für künftige Ausnahmen von dieser ehernen Regel. Na ja, wird sich zeigen, dachte ich.

3

Meine Großmutter war zum sechsten Mal verheiratet. Den ersten Mann hatte sie im Krieg geheiratet, im ersten Weltkrieg, 1915, mit einundzwanzig Jahren. Er hieß Walter, soll groß und stattlich gewesen sein, fiel aber im Nahkampf mit einem Senegal-Neger, der im Dienste der französischen Armee kämpfte. Ehrlich gesagt, dachte ich öfters an den Senegal-Neger als an den großen, stattlichen Walter. »Der Senegal-Nejer«, wusste Oma Otti zu erzählen, »erstach Walter mit seinem uffjepflanzten Bajonett.« Der Neger mit dem aufgepflanzten Bajonett – sie sagte es jedes Mal mit einem wonnevollen Schaudern. Für mich klang es nach Abenteuer und irgendwie verboten. »Ick will mal so sagen«, sagte Oma Otti, »det mit Walter, det war sowieso keene Liebe. Det wollte meine Mutter so.«

Ottilies Mutter Luzie hatte die beiden miteinander verkuppelt, weil sie es wünschte, dass meine Großmutter endlich einen eigenen Haushalt führte. Vielleicht aus Protest gegen ihre Mutter ähnelte Ottis zweiter Mann ihrem eigenen Vater, Luzies ungeliebtem Ehemann. Leider bestand die Ähnlichkeit vor allem darin, dass beide schwere Trinker waren. Beide tranken sie Schnaps aus der Flasche, weil ihn in Gläser zu füllen und dann zu trinken, einfach zu umständlich war. Ihr Vater hatte den nahe liegenden Namen Trinker-Paul, Otties zweiter Ehemann hieß Trinker-Kurt. Wenn Trinker-Kurt gelegentlich volltrunken in der Wohnung randalierte, ging sie mit der gusseisernen Suppenkelle auf ihn los und schlug solange auf ihn ein, bis er jammernd zusammenbrach. Einmal aber tat sie gar nichts. Sie stand nur da, Arme verschränkt, und schaute zu, wie Trinker-Kurt sämtliche Stühle umstieß, den Wohnzimmertisch umwarf und schließlich, um sie erst recht herauszufordern, das schwere Ehebett hochhob. »Drei Zentimeter hat er jeschafft«, erzählte sie und nicht ohne Anerkennung. »Immerhin drei Zentimeter.« Dann aber fiel er vornüber aufs Ehebett und blieb dort liegen, bis ein Leichenwagen ihn abholte.

Der dritte Ehemann, Hans-Joseph, war aus dem Rheinland nach Berlin gekommen und hatte die Wettleidenschaft. Er ging ins Wettbüro und setzte auf Pferde, die in Köln liefen, in Hamburg oder in Stuttgart oder auch in Berlin-Hoppegarten. Er hätte mit der S-Bahn nach Hoppegarten fahren können, um wenigstens dort dabei zu sein. Aber es ging ihm ums Wetten und nicht ums Dabeisein. Er träumte vom großen Coup und verlor mehr und mehr Geld. Schließlich stahl er meiner Großmutter das Kostgeld, das sie in einer Schatulle im Wäscheschrank aufbewahrte. Sie verzieh ihm. »Er hatte so schöne wellige Haare«, sagte sie so manches Mal, wenn sie davon erzählte. Als wären die schönen welligen Haare der zwangsläufige Grund dafür gewesen, dass er zuletzt sogar das Kostgeld verspielte. Am Ende waren es aber nicht die lebenswichtigen Finanzen, sondern Hans-Josephs Magengeschwüre, die einen Schlussstrich unter die dritte Ehe meiner Großmutter zogen. Er hatte sie nicht oder nicht genügend behandeln lassen und war nach einer heftigen Magenblutung nicht mehr zu retten. Er kam zwar noch ins Krankenhaus, aber nicht wieder zurück. »Er hatte so schöne wellige Haare«. Immer wenn Oma Otti diesen Satz sagte, wurde ihre Stimme weich und der Blick versonnen.

Nach Hans-Joseph, den sie, wenn auch unglücklich, geliebt hatte, war Friedrich Hintze der vierte Ehemann. »Den Hintze« – sie nannte ihn immer nur beim Nachnamen –, »den hab ick doch nur jenomm', weil er 'ne sichre Existenz bieten konnte.« Friedrich Hintze hatte als Klempner – »Gas, Wasser, Scheiße«, wie meine Großmutter sagte – einen sicheren Beruf und war obendrein sehr sparsam. Er warb über ein Jahr um sie. Im Sommer 1939 heirateten sie, im Herbst musste er in den Krieg. Zwischendurch hat er noch meine Mutter gezeugt. Kurz vor Kriegsende kam er beim Rückmarsch durch Russland durch feindlichen Artilleriebeschuss ums Leben. Meine Mutter behauptete, sich an ihren Vater aus seinen zwei Fronturlauben erinnern zu können. Meiner Großmutter machte sie einen Vorwurf daraus, diesen Mann nicht geliebt zu haben. Einmal war ich Zeuge, wie Oma Otti sich heftig verteidigte: »Dafür konnt ick doch nischt. Det war'n eben die schweren Zeiten.«

Die schweren Zeiten waren auch der Grund für die fünfte Ehe meiner Großmutter: Heinz Schmeling, den alle möglichen Leute nur Maxe nannten – in Anlehnung an den Boxweltmeister Max Schmeling. Maxe Schmeling also war aus dem Krieg zurückgekommen und traf eines Tages meine Großmutter auf dem Heimweg von ihrer Arbeit als Trümmerfrau. Er kannte sie flüchtig, weil er mit Friedrich Hintze befreundet gewesen war. Er besuchte sie fortan Tag für Tag und kümmerte sich um meine Mutter, die sechs Jahre alt war. »Ick war zufrieden«, so meine Großmutter, »dass ick den jekriegt hab. 't herrschte doch Frauenüberschuss, bei den vielen Männern, die im Krieg jeblieb'n war'n.« Bald wohnte Maxe Schmeling bei Oma Otti und meiner Mutter. Sie wurden eine Familie. Als sie heirateten, wusste Maxe aber schon, dass er nicht mehr lange zu leben hatte. Eine unzureichend ausgeheilte Lungenschussverletzung, »kleenet Souvenir vom erfolgreichen Frankreichfeldzug«, wie er spöttisch zu sagen pflegte, machte ihm zu schaffen. 1952, nachdem er über ein Jahr lang bettlägerig gewesen war, starb er. Sein letzter Wunsch war es, dass auf seinem Grabstein nicht Heinz, sondern Maxe Schmeling stand. Da ein Grabstein aber eine offizielle Angelegenheit war und daher keinen falschen Namen zuließ, konnte meine Großmutter bei der Leitung des St.-Petri-Friedhofes nur einen Kompromiss erreichen: Hier ruht in Frieden unser Heinz »Maxe« Schmeling, geb. 1894 – gest. 1952. Unter seinem Namen stand der Name meiner Großmutter: Ottilie Schmeling, geb. 1894. Für das Todesjahr war noch Platz. »Ick wollt zu ihm rein. Deshalb war noch für eene Urne Platz neben seine. Det sollte meine Urne sein.«

Doch meine Großmutter ging zum sechsten Mal den Bund fürs Leben ein, und mit Rudi Henschel heiratete sie gewissermaßen auch dessen Nachnamen. Maxe würde also allein bleiben müssen. Mit der ewigen Verheißung, eines schönen Tages mit seiner Otti Schmeling wiedervereint zu werden. Zum Glück war ›ewig‹ genau genommen ein wenig übertrieben, denn die Urnenstelle konnte sowieso nur für fünfundzwanzig Jahre gepachtet werden. »Aber«, sagte meine Großmutter manches Mal und tätschelte dabei den Grabstein, »solange werd ick dir immer jießen.«

Otti und Rudi heirateten 1958, nachdem sie sich ein halbes Jahr zuvor »uff de Treppe« kennen gelernt hatten. Meine Großmutter arbeitete »uff de Treppe«. Sie war Reinemachefrau, wie sie sich mit dieser Tätigkeit nannte, und Rudi ging als Bote im Tiefbaukombinat ein und aus. »Wir kannten uns keine drei Tage, da brachte er mir 'nen Strauß Rosen mit. Hat er später nie mehr jetan. Und nach drei Wochen wollt er schon wat.« Oma Otti führte nicht weiter aus, was er wollte. Sie sagte nur: »Ick ließ 't über mir ergehen.« Und ein anderes Mal fügte sie noch als Resümee hinzu: »Is bei den Männern eben so. Denken immer nur an det eine. Kann man nischt machen.« Ich war versucht, sie zu fragen, was sie denn genau damit meinte. Zu gern hätte ich mein auf dem Boxhagener Platz zusammengeklaubtes Wissen ergänzt.

In gewisser Weise kam meine Großmutter mit Opa Rudi vom Regen in die Traufe: Beim Rückzug durch Russland hatte sich ein Granatsplitter seinen Kopf ausgesucht. Fortan wanderte er im Kopf, nicht immer, aber immer wieder. Wenn er wanderte, verursachte er Kopfschmerzen. Diese Schmerzen wurden von Jahr zu Jahr heftiger. »Nich dass de wie Maxe eines Tages jar nich mehr aus 'm Bette kommst mit deinem Splitter«, sagte ihm Oma Otti immer mal wieder in drohendem Ton.

Diese Möglichkeit schien jetzt mehr denn je gegeben: Seit zwei Wochen lag Rudi im Bett, ging allenfalls aufs Klo, aber nicht mehr in den FEUERMELDER. Sonst war er fast täglich im FEUERMELDER, außer an Kopfschmerztagen.

»Ach Jottchen«, sagte Oma Otti plötzlich, fast erschrocken, »is ja schon Mittag. Na denn komm mal gleich mit, jibt Rübchen mit Rindfleisch.«

Wenigstens keine Graupen, dachte ich, und endlich die blöde Gießkanne abstellen.

Wie immer musste ich kräftig nachsalzen, damit das Essen meiner Großmutter mir besser schmeckte. »Nich soviel Salz«, mahnte sie, »det zieht nur det Wasser aus 'm Körper, und denn kannste nich mehr kacken.« Ich erwiderte, dass ich bisher immer kacken konnte. »Na wart mal ab.« Oma Otti musste immer das letzte Wort haben. Rudi lag im Bett und aß nichts.

»Dass de Männer aber ooch immer so schnell schlapp machen«, sagte Oma Otti und aß mit großem Appetit. »Ein Jammer is det! Alle sagen schon, dass ick eene bin, die de Männer in't Grab schickt.« Sie trank einen Schluck lauwarmes Wasser – sie trank zu jeder Mahlzeit lauwarmes Wasser, das kostete nichts und war gut für den Stuhlgang –, und plötzlich schien ihr etwas eingefallen zu sein: »Besser de Männer«, rief sie aus, »als wenn ick abnibbeln würde. Is doch so, oder?«

Überhaupt sprach sie so laut, dass Rudi sie bei der offenen Tür eigentlich hören musste. Da er das jedoch nicht zu erkennen gab, rief sie: »Rudi? Hörste uns?«

Rudi antwortete, mit großer Anstrengung: »Ja, ick hör euch.«

»Wat denkste«, setzte meine Großmutter in seine Richtung nach, »wat der Zickenbart wieder für Panzer hat uffahr'n lassen. Der hässliche Vogel, mit seinem Hut uff der Glatze. Der nuschelnde Sachse mit seiner Piepsstimme …«

Der Zickenbart, hässliche Vogel und nuschelnde Sachse war der Staatsratsvorsitzende Walter Ulbricht, der ständig in den Zeitungen und in der »Aktuellen Kamera« zu sehen war und dessen Porträtfoto in fast jedem öffentlichen Gebäude hing. Eine Hassperson für meine Großmutter. »Aber trotzdem«, sagte sie, »sind wir uff 'n Friedhof. Da könn' noch so viele Ehrenparaden stattfinden.« Sie sprach das Wort ›Ehrenparaden‹ mit höhnischer Übertreibung aus, dann wechselte sie ins Beiläufige: »Ach übrigens hab ick Karl Wegner uff 'm Friedhof jetroffen. Der fragte mir, ob ick seine Frau mal mitjießen könnte, weil er für drei Wochen drüben in Bayern is.«

»Wat macht der denn in Bayern?«, fragte Rudi.

»Der is bei Verwandten zu Besuch, hat er jesagt.«

»Wat denn für Verwandte? Hör ick zum ersten Mal.«

»Und uff 'm Nachhauseweg«, fuhr meine Großmutter fort, »quatscht mir doch der Fisch-Winkler an. Will mir 'n paar von seine Makrelen schenken. Is ooch umsonst, sagt er, der hässliche Karpfenkopp.«

»Mir hat er noch nie wat jeschenkt, der Geizkragen«, bemerkte Rudi mit ebenso verärgerter wie kläglicher Stimme.

»Die Kerle könn' noch so alt sein, aber von 'n Weibern könn' se bis zum Schluss nich lassen«, sagte Oma Otti und schob sich ein besonders großes Stück Rindfleisch in den Mund. »Die ollen Säcke«, setzte sie nach und kicherte.

Wie diese Bemerkungen wohl in Rudis Ohren klangen, der sich kaum mehr aus seinem Bett bewegen, geschweige denn seine Ehefrau vor Nachstellungen schützen konnte, fragte ich mich. Er antwortete nicht. Kein Ton war von ihm zu hören, nicht mal ein Grunzen oder Schnarchen.

Erst nach einer Weile, als wir mit dem Essen fertig waren – Oma Otti hatte sich noch mal Nachschlag genommen, weil »'t wieder mal so jut schmeckt« –, gingen wir ins Schlafzimmer und sahen, dass Rudi im Schlaf schwach vor sich hin atmete. »Er lebt«, bemerkte meine Großmutter. Es war nicht herauszuhören, ob sie sich freute. Nüchtern klang sie, sachlich. Im gleichen Tonfall hätte sie auch sagen können, dass sie morgen Kartoffeln kaufen geht.

4

Ehrlich gesagt, machte ich mir in der nächsten Zeit nicht weiter Gedanken darüber, denn bereits fünf Tage nach dem Tag der Republik zog mich ein großes Ereignis in seinen Bann: Die Olympischen Spiele, die in einer Stadt ausgetragen wurden, die Mexiko-City hieß und sich naheliegenderweise in Mexiko befand. Es war das erste Mal, dass wir, die DDR, mit einer eigenen Mannschaft dabei waren. Nur unsere Nationalhymne durfte nicht gespielt werden. Statt »Auferstanden aus Ruinen« musste bei jedem Sieger von uns »Freude schöner Götterfunken« ertönen. »Beethovens Neunte«, ereiferte sich mein Vater dann. »Brauchen wir nicht. Wir haben unsere eigene Hymne. Denkt vielleicht noch jemand, wir wollen uns mit fremden Federn schmücken.«

Ich saß so oft es ging vorm Fernseher – oft genug mit meinem Vater – und bangte mit unseren »Diplomaten im Trainingsanzug«, wie sie in der »Aktuellen Kamera« genannt wurden. Meine besonderen Idole waren Roland Matthes, der, nur vier Jahre älter als ich, im Rückenschwimmen besser war als alle anderen, und der Geher Christoph Höhne. Fünfzig Kilometer ohne Pause schaffte er in diesem seltsamsten aller Fortbewegungsstile.

Ich war nicht der einzige auf dem Boxhagener Platz, der die Geher nachahmte. Jimmy Glitschie, Heino Meier und die Hornau-Zwillinge Rainer und Ralf waren ebenso infiziert wie ich. In den nächsten Tagen veranstalteten wir Wettbewerbe, einmal um den Platz herum, und achteten dabei auf genaueste Einhaltung der entscheidenden Regel: Immer muss ein Fuß Bodenkontakt haben, und außerdem darf das Knie des ausschreitenden Beins nicht gebeugt sein. Natürlich war damit Streit vorprogrammiert. Jimmy Glitschie und Heino Meier prügelten sich fast, als Heino in der Rolle des Schiedsrichters Jimmy wegen Schummelns disqualifizierte.

Als meine Großmutter das nächste Mal auftauchte, reichte sie mir die Gießkanne und sagte nur: »Mit mir loofste aber vernünftig.«

Leichter gesagt als getan! Ich brauchte bis zum St.-Petri-Friedhof, um mich zurückzugewöhnen. An Magda Wegners Urnenstelle angelangt, traute ich meinen Augen kaum: Das Grab war nicht nur von Unkraut befreit, sondern auch noch sehr sorgfältig mit Stiefmütterchen bepflanzt. »Konnt ick nich mehr mitanseh'n, jeschweige denn jießen«, sagte meine Großmutter in einem Rechtfertigungston, den ich bisher selten bei ihr gehört hatte. Was war nur los mit ihr?

Ich goss die Stiefmütterchen und wartete vergebens auf eine weitere Erklärung. Sie harkte nur schweigend die frische Muttererde. Schließlich gingen wir zum Grab von »Maxe« Schmeling, gossen und harkten auch hier – und wie immer verabschiedete sich Oma Otti mit einem wehmütig-flotten »Tschüs, Maxe, bis nächstemal«.

Der Rückweg führte uns wie üblich an Fisch-Winklers Laden vorbei. Diesmal aber kam er nicht auf die Straße. Ich hatte den Eindruck, meine Großmutter bedauerte das, obwohl sie genau das Gegenteil behauptete: »Zum Glück kommt der nich wieder anjetapert.« Sie guckte sich noch zwei Mal um, ob er nicht doch noch rauskam.

Stattdessen sprach er mich am nächsten Tag auf dem Boxhagener Platz an. »Ick hab wat für deine Oma« – und gab mir einen in Zeitungspapier eingewickelten Karpfen. »Falls se sich doch wat aus Fisch macht. Muss ja nich immer so 'ne olle Makrele sein.« Weiter fiel ihm nichts ein. Er klopfte mir mit seiner weichen, schlaffen Hand auf die Schulter und verzog sich wieder.

So ein Karpfen war schon was Besonderes. Karpfen gab es gemeinhin nur zu Silvester. Da holte Fisch-Winkler die lebendigen Viecher mit einem Käscher aus einem modrig stinkenden Becken, schlug ihnen mit einer Holzkeule gezielt auf den Kopf und schlitzte ihnen dann noch den Bauch auf. Deshalb hatte er im Viertel auch den Spitznamen »der Massenmörder«. Ist der Massenmörder, fragte ich mich, als ich den Karpfen im Zeitungspapier zu meiner Großmutter trug, dieser Fischsorte im Laufe der Jahre immer ähnlicher geworden oder wurde er Fisch-Verkäufer, weil er schon von vornherein aussah wie ein Karpfen?

Da Fisch-Winkler erst vor etwa zehn Jahren ins Viertel gezogen war, wusste es Oma Otti auch nicht, sagte aber: »Ick wette, der sah schon immer so aus. Det mit dem Ähnlicherwerden jibt's nur bei Hunden und ihren Herrchen.«

Den Karpfen, gekocht und mit Dillsoße, aßen wir mit

größtem Genuss. »Wenn er dir fragt«, wies sie mich an und lutschte mit Inbrunst eine große Gräte ab, »sagste ihm, ick hätt' 'n wegjeschmissen.«

5

Am letzten Olympiawettkampftag – es war der 27. Oktober 1968 – ereignete sich der absolute Höhepunkt: Als einziger Boxer unserer »Diplomaten im Trainingsanzug« gewann Manfred Wolke eine Goldmedaille. Ich saß mit meinem Vater vorm Fernsehapparat, und wir aßen vor lauter Aufregung eine ganze Tüte Salzstangen. »Sieh dir das an«, jubelte er, »diese Raffinesse. Diese weit ausgestreckte Führungshand. Wie der den Gegner auf Distanz hält. Und dann, im richtigen Moment, zuschlagen! So geht's. Mit Köpfchen. So machen wir uns einen Namen in der Welt.«

Es hielt mich nicht mehr im Sessel. Ich sprang auf und begann, Manfred Wolkes Bewegungen nachzuahmen. Sein Kampfstil paßte zu mir, fand ich. »Deckungshand hoch«, rief mein Vater mir zu. »Nie die Deckung vergessen.«

Auf dem Boxhagener Platz löste der Sieg einen radikalen Umschwung aus: Ab sofort wurde nicht mehr gegangen, sondern geboxt.

Am 30. Oktober boxte Heino Meier gegen Jimmy Glitschie. Beide waren eine Klasse über mir, in der Siebenten. Der Kampf befand sich in der zweiten Runde und war ausgeglichen: Heino hatte ein blaues Auge und Jimmy einen Zahn verloren. Der Zahn lag irgendwo im Buddelkastensand, und Heino zischte siegesfroh: »Den siehste nie wieder.«

Daraufhin packte Jimmy die große Wut, die Disqualifizierung beim Gehen hatte er immer noch nicht verwunden. Er öffnete die Deckung – Manfred Wolke hätte nur mit dem Kopf geschüttelt –, und schlug hemmungslos zu. Er verlor einen zweiten Zahn, aber Heino Meier ging k.o.

Mirko Buskow, der schon in der Achten war und den Ringrichter gab, zählte Heino aus. Er zählte bis dreiundzwanzig, doch Heino lag immer noch reglos im Sand. Buskow sagte: »In Amerika bei den Profis bleiben manchmal welche liegen, für immer.«

»Wir sind hier aber nicht in Amerika«, wandte Annegret Peters ein, als würde diese Bemerkung das unter Umständen Schlimmste verhindern können.

Mirko Buskow behauptete plötzlich, dass er nach Hause müsse, und machte sich aus dem Staub. Ich fand sein Verschwinden absolut unwürdig. »Das ist gegen die Regeln, wenn der Ringrichter einfach abhaut«, sagte ich, um auch mal ins Geschehen einzugreifen. Bisher hatte ich nämlich nur schattenboxend zugesehen.

»Halt's Maul, Bullensohn«, rief Buskow zurück, ohne auch nur einen Moment stehen zu bleiben.

Da war er also wieder mal, dieser Vorwurf. Was konnte ich denn dafür, dass mein Vater bei der Polizei arbeitete? Aber nicht etwa bei der Kripo, nein, er war einfach nur ein kleiner, gewöhnlicher Abschnittsbevollmächtigter, ein ABV, der manchmal auch auf dem Boxhagener Platz auftauchte, um Mirko Buskow und Konsorten ihre Zigaretten abzunehmen. Weniger wegen der Gesundheit, wie mein Vater mir mal erläuterte, sondern weil die Kippen überall herumlagen. Am liebsten wäre ich jetzt Buskow hinterher gerannt und hätte ihn zusammengeschlagen. Aber er war nun mal zwei Jahre älter und einen Kopf größer als ich. Er hatte einfach die bessere Reichweite. Und in einer höheren Gewichtsklasse war er obendrein. Na los, mit Köpfchen, mit Köpfchen, versuchte ich mich anzuspornen. Aber wie sollte das gehen, bei einer so offensichtlichen Unterlegenheit? So viel Köpfchen hätte noch nicht mal Manfred Wolke gehabt.

Jimmy Glitschie suchte indessen verzweifelt nach seinen beiden Zähnen. Mit den Händen durchpflügte er den Buddelkastensand und fluchte: »Scheiße, verdammte, dass ick mir kein' Mundschutz besorgt hab.« Sein Fluchen ging in ein Jammern über: »Meine Alten verpassen mir für die Zähne glatte zwei Wochen Stubenarrest, verdammte Scheiße.« Heulend stieß er Heino mit dem Fuß an. Der japste daraufhin nach Luft und kam zu sich. Endlich. Annegret Peters erklärte ihm behutsam, dass er verloren hätte. Er aber berichtete begeistert davon, Sterne gesehen zu haben, richtige Sterne, wie er es bisher nur vom Hörensagen gekannt hatte.

Jimmy setzte sich auf den Steinelefanten, der vor knapp einem Jahr aufgebaut worden und die Perle des Boxhagener Platzes war. Der Rüssel des Elefanten diente als Rutsche, und Jimmy rutschte ihn bäuchlings und Kopf nach vorn hinunter. Mindestens fünfmal tat er das, hintereinander. Diese Übung zur schmerzhaften Selbstzüchtigung war seine Spezialität, und deshalb hieß er

Jimmy Glitschie, der Mann ohne Knochen. Oder weniger anerkennend und hinter vorgehaltener Hand: »Der Bekloppte aus Jummi.«

Statt mit den anderen nach Jimmys Zähnen zu suchen – die übrigens verschwunden blieben –, musste ich zu meinem Verdruss erneut meine Großmutter begleiten.

Karl Wegner, nach drei Wochen aus dem Westen zurück, erwartete uns bereits am Eingang zum St.-Petri-Friedhof. »Frau Henschel«, sagte er ohne Umschweife, »mir hat's glatt die Sprache verschlagen.«

»Den Eindruck machen Se aber nich grade«, entgegnete Oma Otti.

»Sie sollten doch bloß mal so gießen.« Karl Wegner lächelte begeistert.

Und Oma Otti prompt: »Ach, sei'n Se doch mal ehrlich: Sie haben doch druff spekuliert, dass ick so wat nich mitanseh'n kann.«

»Frau Henschel, hiermit überreich ick Ihnen den ersten Preis für Grabpflege. Ick kann Ihnen sagen, so 'n schönes Grab hätte sich Magda ihr Lebtag nich vorstellen können.«

»Nu übertreib'n Se aber, Herr Wegner.« Meine Großmutter war sichtlich geschmeichelt.

Er überreichte ihr ein Päckchen Kaffee, »Jacobs Krönung«.

»Ach, det wär doch nich nötig jewesen.«

»Is noch nicht alles« sagte Karl Wegner feierlich und zog ein kleines, schmales Buch aus seiner Jackentasche.

»'n Buch?«, fragte meine Großmutter ungläubig, obwohl sie natürlich sah, dass es ein Buch war.

Das einzige, was sie las, waren so genannte Schmöker,

Groschenhefte aus dem Westen: Arztromane oder Liebesgeschichten im Adelsmilieu, am liebsten beides in einem: Arztschicksale im Adelsmilieu. Diese Schmöker tauschte sie mit ihren Schmöker-Bekanntschaften. So nannte meine Großmutter jene alten gebrechlichen Damen, die ihre verstorbenen Männer so gern von ihr betreuen ließen.

»Das scheintote Kind, Gedichte von Friederike Kempner«, las ich halblaut auf dem Schutzeinband des Buches. Oma Otti sagte: »Mein Jott, det is ja furchtbar.«

Das klang wie ein Vorwurf an Karl Wegner, als sei er Schuld an scheintoten Kindern. Er aber ließ sich nicht irritieren und verabschiedete sich wie ein Kavalier: »Nochmals vielen Dank für das wunderbare Grab. Davon hätte ick nich zu träumen gewagt.«

Nach einer formvollendeten Verbeugung verzog er sich.

»So 'n komischet Buch«, grummelte Oma Otti und wiederholte auf dem Rückweg: »So 'n Buch, nee, also … also wirklich, so 'n … so 'n doofet Buch …«

Kaum aber waren wir bei ihr zu Hause, sollte ich ihr vorlesen. Na prima, dachte ich. Erst meckern und dann genau anders herum.

»Ich dachte, du findest das Buch doof«, warf ich ein.

»Naja, man kann ja mal reingucken.«

»Warum liest du nicht selbst?«

»Du hast doch die Eins im Lesen«, entgegnete sie auftrumpfend. »Und so soll's ooch bleiben. Übung macht den Meister.«

Hatte sie Angst, das Wort ›scheintot‹ in den Mund zu nehmen? Immerhin war sie ziemlich abergläubig. Wie auch immer, ich gab mich geschlagen und begann zu lesen:

Das scheintote Kind

Stürmisch ist die Nacht
Kind im Grab erwacht
Seine schwache Kraft
es zusammenrafft.
›Machet auf geschwind!‹
Ruft das arme Kind
Sieht sich ängstlich um:
Finster ist's und stumm.

Überall ist's zu
›Mutter, wo bist du?‹
Stoßet aus den Schrei
Horchet still dabei.
Und in seiner Qual
Klopft es noch einmal
Sieht sich grausend um:
Finster ist's und stumm.

Streckt die Ärmlein aus
Hämmert schnell drauf los
Ruft entsetzt und laut:
Hört, ich bin nicht tot!

Schon nach der ersten Strophe hatte meine Großmutter begonnen, leise zu schluchzen. Erfreut über die Wirkung meines Vortrags hatte mich daraufhin der Ehrgeiz gepackt: Ich las dermaßen eindringlich, wie ich in der Schule noch nie gelesen hatte. Oma Otti schluchzte immer heftiger, sodass ich nun doch mal zu ihr schauen musste. Ich hielt inne. Sie aber schnäuzte sich nur kurz und sagte energisch: »Nu lies weiter! Oder isset schon zu Ende?«

> *Lehnt sein Haupt an' Arm:*
> *Dass sich Gott erbarm …*

Ich las etwas gedämpfter und erntete sogleich Kritik: »Nich so lasch. Ging doch vorher besser!«

Das ließ ich mir nicht zwei Mal sagen: Ich legte unter meine Worte einen vibrierenden Singsang.

> *Lebt man ewig so?*
> *Und wo stirbt man so?*
> *Ach, man hört mich nicht*
> *Gott, ach nur ein Licht!'*
> *Sieht sich nochmals um!*
> *Finster bleibt's und stumm.*
>
> *Stier und starr es tappt*
> *Und am Sarg es klappt*
> *Horch, da strömt sein Blut*
> *Durch des Nagels Hut.*
> *Aus dem warmen Quell*
> *Sprudelt's rasend schnell:*
> *Endlich stirbt das Kind*
> *Froh die Engel sind!*

Stürmisch ist die Nacht
Blätter rauschen sacht
Niemand sah sich um:
Finster blieb's und stumm.«

Oma Otti konnte sich vor Schluchzen gar nicht mehr beruhigen. »So 'n schönet Jedicht. Sowat Trauriget. Nee, also sowat Schönet, Trauriget. Wat haben die armen Menschen damals ooch allet so erleben müssen. Mein Jott, mein Jott. Nee aber ooch.«

Dann beruhigte sie sich doch wieder und erklärte mir, dass zu Zeiten ihrer Mutter die Beerdigung von Scheintoten keine Seltenheit gewesen sei. Deshalb war man auf die Idee mit den Klingeln gekommen: Auf den Gräbern wurden Klingeln angebracht, von denen Metallschnüre durch die Erde in die Särge hinein führten. So konnte der jeweilige Scheintote, wenn er aus seinem Scheintod erwachte, an der Schnur ziehen und die Klingel zum Läuten bringen. Er hatte nur Pech, wenn es zum Beispiel Nacht war und der Nachtwächter schlief, statt mit weit aufgesperrten Ohren seine Kontrollgänge zu absolvieren.

»Die Medizin«, sagte Oma Otti, »war noch nich soweit, dass der Scheintod festjestellt werden konnte. Aber« – sie hielt inne und schaute mich eindringlich an – »wat denkste, is die Medizin heute wirklich so weit? Det sagen se uns zwar immer, aber wer sagt denn, dass man sich da sicher sein kann?«

Klingeln an den Gräbern! Unglaublich. Ich nahm mir vor, beim nächsten Friedhofsbesuch nach verrosteten Überbleibseln dieser Scheintotenklingeln Ausschau zu halten. Meine Großmutter schwärmte: »So 'ne einfühlsame Frau, die det jeschrieben hat. So 'n schönet Jeschenk aber ooch.«

Auf dem Schutzeinband des Buches war die vergilbte Fotografie einer alten Frau zu sehen. Das musste Friederike Kempner sein, die Verfasserin des Gedichtes. Sie lebte, wie ich auf der Rückseite lesen konnte, im neunzehnten Jahrhundert. Eine kleine pausbäckige Frau mit verschmitzten Augen. Wenn sie nicht so aufgetürmt zurückgesteckte Haare gehabt hätte – vermutlich eine Modefrisur ihrer Zeit –, hätte sie meiner Großmutter zum Verwechseln ähnlich gesehen.

»So 'n schönet Jeschenk hab ick ja noch nie bekomm'«, rief sie jetzt tönend in Richtung Rudi, der bei offener Schlafzimmertür nach wie vor im Bett lag und wahrscheinlich schon das ganze Gedicht über zugehört hatte. »Also, det hätt ick deinem Saufkumpan, dem Karl Wegner, überhaupt nich zujetraut, dass er mir so 'n schönet Jeschenk macht. Rudi?«

Aus dem Schlafzimmer kam keine Antwort.

»Rudi? Hörste? Ob du hörst, hab ick jefragt!«

»Ja!«, krächzte er endlich zurück. Mehr fiel ihm offenbar nicht ein zu seinem Saufkumpan. Plötzlich aber kam er doch noch in Fahrt: »Scheinst dir ja ordentlich zu vergnügen, während ick am Sterben bin.«

»Ach, Rudi«, antwortete Oma Otti, »nu übertreib mal nich.« Und strich dabei mit einem kleinen versonnenen Lächeln über das Buch.

Rudi schwieg wieder. Es war, soweit ich das beurteilen konnte, ein heftiges Schweigen. Ein wütendes Schweigen. Stunden später, wie mir meine Großmutter anderntags berichten sollte, verließ er zum ersten Mal seit fünf Wochen die Wohnung und ging in den FEUERMEL-DER. Ich saß zu der Zeit schon mit meinen Eltern am Abendbrottisch.

6

Dass ich auf dem Boxhagener Platz von Mirko Buskow und Konsorten ständig als Bullensohn bezeichnet wurde, machte mich immer wieder wütend und traurig. Ich konnte es doch nicht ändern, dass mein Vater der Abschnittsbevollmächtigte Genosse Jürgens war. Aber nicht nur das machte mir Kummer, auch zu Hause zwischen meinen Eltern herrschte oft genug alles andere als eitel Sonnenschein.

Mein Vater war seit dem 27. Oktober Box-Fan. Hätte die DDR im Fußball gewonnen, wäre er natürlich Fußball-Fan geworden. Ansonsten interessierte er sich besonders für Rudern und Schwimmen, weil das die Paradesportarten unseres Landes waren. »Es geht stetig voran«, sagte er und biss von seiner Jagdwurststulle ab, »von Olympiade zu Olympiade.«

»Ach Jottchen«, erwiderte meine Mutter, während sie sich auf das Zerschneiden einer sauren Gurke konzentrierte, »dieser Manfred Wolke, der is doch bloß so 'n mickriges Weltergewicht.«

Sie wusste, dass sie meinen Vater damit traf, denn der hätte bestenfalls im Fliegengewicht starten können, so klein und mager wie er war. »Was hat denn das Gewicht mit dem Können zu tun?«, entgegnete er prompt. »Aufs Können kommt's an, auf die Technik, den Kampfgeist. Auf die richtige Einstellung …«

»Vor allem die richtige Einstellung«, unterbrach ihn meine Mutter, »am besten die ideologische.« Sie lachte kurz und spöttisch.

»Genau«, sagte mein Vater. »Auch die. Und wenn es mit der Entwicklung unseres Sportes weiter so vorangeht, gewinnen wir bei der nächsten Olympiade sogar im Schwergewicht.«

»Heute im Weltergewicht und morgen die ganze Welt«, witzelte meine Mutter, doch mein Vater fand diese Bemerkung überhaupt nicht lustig.

»Diese Zeit haben wir doch wohl schon lange hinter uns, oder? Und außerdem, soll der Junge sich etwa solche Sprüche merken?«

»Der Junge ist alt genug«, sagte meine Mutter.

Ja, ich war alt genug. Aber trotzdem bedrückte mich ihre ständige Gereiztheit. Sollte sie doch meinen Vater schwärmen lassen von der DDR und ihrem Sport. Die Stimmung am Abendbrottisch war jedenfalls wieder mal im Eimer. Meine Eltern sprachen kein Wort mehr miteinander, und ich grübelte, wie dieser Satz wohl richtig lautete. Ich könnte, sagte ich mir, Oma Otti fragen. Sie würde es wissen. Aber dann würde sie wieder anfangen, von Hitler zu erzählen, der gar nicht so schlecht gewesen sei, jedenfalls nicht so schlecht, wie heute gesagt wird, besonders von den Kommunisten. Immerhin, so würde sie weiter reden, hatte er für Kinderverschickung und Müttergenesungsheime gesorgt, und heute, bei den Kommunisten, dürfe man das Maul auch nicht aufreißen.

»Wie war es denn bei deiner Oma heute? Wart ihr wieder auf 'm Friedhof?« Mein Vater wandte sich mir zu, um das Tischgespräch wieder in Gang zu bringen.

»War wie immer«, sagte ich beiläufig. »Nix Besonderes.«

Ich erzählte nichts von Karl Wegner und Fisch-Winkler und ihrem Interesse für meine Großmutter, während sich Rudi mit dem wandernden Splitter im Kopf plagte. Einen Moment überlegte ich, ob ich wegen der Scheintotenklingeln aus dem neunzehnten Jahrhundert fragen sollte. Aber ich ließ es bleiben. Die Stimmung war zu mies. Ich entschied, das alles ging meine Eltern nichts an. Es sollte mein geheimes Wissen bleiben. Dies geheime Wissen gab mir für ein paar Augenblicke ein stilles, zufriedenes Lächeln.

»Na, wenigstens dir geht's gut, nich wahr, mein Junge?«, sagte meine Mutter. Sie streichelte mein Gesicht und nahm sich, wie mir schien, ein bisschen von meinem Lächeln.

7

Am nächsten Vormittag verbreitete sich ein Gerücht wie ein Lauffeuer in der Juri-Gagarin-Oberschule: Fisch-Winkler sei totgeschlagen in seinem Laden aufgefunden worden! Mord oder Totschlag – so etwas hatte es, zumindest zu meinen Lebzeiten, in unserm Viertel noch nicht gegeben.

In der Hofpause kursierte gleich das nächste Gerücht: Burkhard Stolles Mutter sei auf ihrer Arbeitsstelle, dem Glühlampenwerk an der Warschauer Straße, verhaftet worden. Burkhard Stolle, das Sorgenkind in meiner Klasse, brach sofort in Tränen aus und verließ augenblicklich die Schule.

Nach dem Unterricht ging ich auf kürzestem Wege zu Fisch-Winklers Laden. Türen und Fenster des Ladens waren versiegelt. Alma Hartmann, eine der Schmöker-Bekanntschaften meiner Großmutter, palaverte mit ein paar anderen Schaulustigen. »Jungchen«, sagte sie zu mir, »brauchst dir nich beeilen.« Sie machte eine bedeutungsvolle Pause. »Fisch-Winkler vakooft nischt mehr.«

»Der hätte mal bleiben soll'n beim Fischverkauf«, setzte der einbeinige Harry Kupferschmidt hinzu, »und nicht noch mit 'm Flaschenbier anfangen.«

Die tragische Pointe dieser Bemerkung wurde mir klar, als Harry mir erzählte, dass Fisch-Winkler früh um sieben, zur Öffnungszeit, erschlagen mit einer Bierflasche hinter seinem Verkaufstresen aufgefunden worden war.

»Die Flasche muss noch voll jewesen sein«, ergänzte Alma Hartmann, »denn nich nur sein Kopp, sondern der janze Fisch-Winkler soll wie 'ne Eckkneipe jestunken hab'n.«

Um acht Uhr dreißig hatte sich, wie Harry fortfuhr, am Tatort ein Zeuge bei der Polizei gemeldet. Der Zeuge hatte um zirka drei Uhr nachts seinen Hund ausgeführt und gesehen, wie Frau Stolle, zwar deutlich nervös, aber ohne sichtbare Eile, den Laden verließ. Um neun Uhr erschien die Polizei im Glühlampenwerk und nahm Frau Stolle fest.

»Die ham se schwuppdiwupp vom Fließband weg vahaftet«, fügte Alma Hartmann mit einer so offenkundigen Schadenfreude hinzu, dass Harry Kupferschmidt sich veranlasst sah, darauf zu reagieren: »Lassen Sie mal die arme Frau in Ruhe!«

Frau Hartmann gab in gleichem Ton zurück: »Wieso, ham se wat mit der?« Pikiert kniff sie ihren ohnehin schon schmalen Mund zu einem Strich zusammen.

Die anderen Schaulustigen erörterten inzwischen den für sie wichtigsten Umstand, dass niemand wusste, wer dieser Zeuge war. Eine Informationslücke, die Unmut hervorrief. »Frag doch ma' dein' Vadda«, forderte mich Alma Hartmann auf.

Statt meinen Vater aufzusuchen, ging ich zunächst zu Oma Otti. Sie wusste auch nicht mehr als die versammelte Nachbarschaft vor Fisch-Winklers Laden. Dann aber erzählte sie mir, dass Rudi gestern Abend nach fünf Wochen wieder in den FEUERMELDER gegangen war. »Als die Kneipe zumachte, so jegen Mitternacht, kam er nach Hause. Allet janz normal. Er stank nach Bier und Schnaps, schaffte 't grade mal, sich auszuziehen und fiel schnarchend in 't Bette. Allet janz normal ... Dort liegt er immer noch. Und sagt keen' Ton.«

»Immer noch besoffen, oder wandert nur der Splitter?«, fragte ich beiläufig.

»Det eine wie det andre«, sagte Oma Otti.

Aha. Der Tathergang lag für mich auf der Hand: Rudi hatte im FEUERMELDER Fisch-Winkler getroffen und ihn zur Rede gestellt. Lass meine Ehefrau gefälligst in Ruhe. So oder ähnlich hatte er seine Wut zum Ausdruck gebracht. Fisch-Winkler aber entgegnete nur, er lasse in Ruhe, wen er wolle, da könne ihm keiner reinreden. Dann ging er in seinen Laden und trank dort weiter. Rudi folgte ihm. Im Laden entbrannte der Streit aufs Neue. Rudi nahm sich eine Bierflasche, eine volle, und schlug sie Fisch-Winkler auf den Kopf. »Es liegt doch auf der Hand«, resümierte ich, »Rudi war's. Entscheidend ist eigentlich nur die Frage: Gab es Zeugen für seine Tat?«

Oma Otti schaute mich entgeistert an. »Junge, du kuckst zu viel Krimis, wa?«

»Höchstens bei dir«, gab ich zurück. In diesem Punkt nämlich waren sich meine Eltern ausnahmsweise einig: Kriminalfilme, schon gar mit Toten, sind schädlich für Kinder. Und so kam es, dass ich Gruselkrimis wie »Die weiße Spinne« höchstens mal bei meiner Großmutter sehen konnte.

»Schlag dir den Unsinn mal janz schnell aus 'm Kopp«,

sagte Oma Otti nun ziemlich schroff. »Rudi und 'n Mörder. Dass ick nich lache … Außerdem war Fisch-Winkler überhaupt nich im Feuermelder jestern Abend. Oder meinste, det hat die Polizei noch nich in Erfahrung jebracht? Der war in seinem Laden 'n janzen Abend lang.«

So ein Mist! Offenbar hatte ich mich etwas verrannt. Wohl oder übel musste ich mich entschuldigen, Rudi verdächtigt zu haben.

»Halb so wild«, sagte Oma Otti. »Wär ihm ja vielleicht doch zuzutrauen, nich wahr.« Sie kicherte kurz. »Und um Fisch-Winkler, den ollen Karpfenkopp, isset ja nu wirklich nich schade, oder?« Sie nahm mich in ihre Arme und sagte mit auf einmal weicher, geradezu zärtlicher Stimme: »Vielleicht sollt ick dir nich immer soviel uff 'n Friedhof mitnehm'. Det scheint dir janz verrückt zu machen.«

Ich nickte stumm und freute mich, von nun an den Fußball nie mehr gegen die hässliche Gießkanne eintauschen zu müssen. Ich ließ mich von meiner Großmutter länger als sonst umarmen, atmete ihren Eukalyptusgeruch tief ein und dachte: Wozu Mord oder Totschlag doch alles gut sein kann.

Dann aber dachte ich: Eigentlich schade. Wo es doch jetzt gerade so interessant geworden ist, seit sich dieser Karl Wegner an Oma Otti ranmacht.

»Du, eigentlich geh ich gerne mit dir auf 'n Friedhof«, sagte ich.

»Na, du bist mir ja eener.« Sie freute sich und drückte mich fest an sich. »Also, kommste weiter mit, wa.« Ich nickte nur und wand mich aus ihrem liebgemeinten Schwitzkasten.

Kaum war ich auf dem Boxhagener Platz, wollte ich gleich wieder umdrehen: Mein Vater stand am Trafohäuschen und redete mit meinen Spielkameraden. Sicherlich hielt er sie gerade vom Fußballspielen ab oder vom Boxen oder vom Rauchen. Vielleicht verlangte er sogar, dass sie wieder mal die Kippen aufsammelten. In letzter Sekunde, bevor mich jemand entdeckt hatte, konnte ich mich noch hinter den Steinelefanten retten.

Ich wartete, bis mein Vater verschwunden war. Dann schob ich die Hände in die Hosentaschen und ging auf die anderen zu.

»Hallihallo«, sagte ich betont unbeteiligt. Die Antwort war eine noch nicht erlebte, überwältigende Welle der Anerkennung.

»Mensch, dein Alter is ja total befasst mit dem Fall«, sagte Jimmy Glitschie.

»Der ermittelt ja richtig«, schwärmte Ralf Hornau, und sein Zwillingsbruder Rainer ergänzte: »Wir sollen auf verdächtiges Verhalten Acht geben. Jeder Hinweis, hat er gesagt, jede Kleinigkeit kann zur Aufklärung der Tat führen.«

Sogar mein Erzfeind Mirko Buskow musste seine Meinung zu meinem Vater korrigieren: »Und ick dachte immer, der wär nur auf Meckern, Verbieten und Zigarettenwegnehmen spezialisiert.«

Was denn nun? Brauchte ich mich auf dem Boxhagener Platz nicht mehr meines Vaters zu schämen? Kaum zu glauben. Da konnte ich ja Fisch-Winkler oder, genauer gesagt, seinem Mörder, richtig dankbar sein.

Beim Abendbrot war mein Vater immer noch im

Dienst. »Na, is dir was zu Ohren gekommen?« Mir war natürlich sofort klar, was er meinte.

»Noch nichts Wesentliches«, sagte ich mit Pokergesicht. Wie jemand, der seine eigenen Informationen nicht preisgeben möchte, aber möglichst viel von der Konkurrenz herauskitzeln will.

Doch die Konkurrenz hatte offenbar nichts zum Herauskitzeln. »Wenn dir irgendetwas Sachdienliches auffällt«, sagte mein Vater nur, »dann raus damit. Ich kann jeden Hinweis gebrauchen.«

»Ich auch«, hörte ich mich sagen und verschluckte mich fast an meiner Stulle. Mein Vater schaute mich mit großen Augen an, während meine Mutter angesichts seiner Verblüffung laut losprustete. Ohne Zweifel, der Übermut war mit mir durchgegangen.

Mein Vater bemühte sich um ein souveränes Lächeln. »Du willst doch nicht etwa in meine Fußstapfen treten? Oder willste gleich zur Kripo?«

Bevor ich antworten konnte, klingelte es an der Wohnungstür. Mein Vater öffnete und sagte mit freudigem Erstaunen: »Frau Stolle. Na, so eine Überraschung.«

Frau Stolle entschuldigte sich für die Störung. Aber in ihrer Verzweiflung habe sie keine andere Möglichkeit gesehen, als meinen Vater aufzusuchen. Er habe schon immer, besonders bei den Elternversammlungen in der Schule, einen so netten Eindruck auf sie gemacht. Sie brach in Tränen aus – in genau der gleichen Art wie Burkhard am Vormittag auf dem Schulhof. Mein Vater legte seine Hand auf ihren Rücken und geleitete sie zum Abendbrottisch. Dort setzte und sammelte sie sich und begann zu berichten:

Ihr Mann, Burkhard Stolles Vater, trank sein Bier häufig bei Fisch-Winkler, weil es bei dem billiger war als in irgendwelchen Kneipen. Aber gestern Abend und in der Nacht kam und kam er nicht nach Hause. Frau Stolle machte sich also auf den Weg – »so gegen dreie, schlafen konnt ick nämlich sowieso nich«– und entdeckte den hinter seinem Verkaufstresen liegenden Fisch-Winkler. Sie dachte, er wäre nur betrunken – »wär ja wirklich nich das erste Mal« – und verließ den Laden wieder. Auf dem Rückweg nach Hause schaute sie sich in Parks und Grünanlagen um – »is ja ooch schon vorgekomm', dass er unterwegens einfach eingepennt is« –, aber keine Spur von ihrem Mann. Zu Hause machte sie für den Rest der Nacht kein Auge zu. »Sie könn' sich vielleicht vorstellen, wie ick zur Arbeit bin, rammdösig hoch drei.« Um neun Uhr wurde sie von der Kriminalpolizei zum Verhör abgeholt. »Ick erzählte denen allet, so wie jetze.« Um zwölf wurde sie ins Glühlampenwerk zurückgebracht, da man Burkhard Stolles Vater sturzbetrunken auf dem Ostbahnhof aufgegriffen hatte. Nun verdächtigte man ihn, Fisch-Winkler umgebracht zu haben. »Und der Gipfel«, sagte Frau Stolle, »die behaupteten, er sei auf 'm Ostbahnhof gewesen, weil er auf der Flucht war. Auf der Flucht … Wohin denn? Ins Erzgebirge oder in 'n Spreewald?«

Erneut brach sie in Tränen aus. »Er war doch nur so betrunken, weil wir uns gezankt hatten«, beteuerte sie schluchzend.

Mein Vater wartete ab, bis sie sich wieder halbwegs beruhigt hatte und fragte in der sachlichen Art eines Ermittlers: »Warum haben Sie sich gezankt, Frau Stolle?«

»Na, weil er … weil er doch immer Schulden macht.«

»Aha«, sagte mein Vater. »Hat er denn auch bei Herrn Winkler Schulden gehabt?«

Frau Stolle begriff plötzlich, dass sich das Gespräch in eine unangenehme Richtung zu bewegen drohte. Dass selbst der Genosse Jürgens, der nette Polizist von nebenan, sie nicht verstehen, sondern offenbar aufs Kreuz legen wollte.

»Ick hab die Schulden immer zurückgezahlt«, sagte sie. »Das können Sie mir glauben. Manchmal bin ick sogar von mir aus zu Herrn Winkler und hab gefragt, ob er wieder mal hat anschreiben lassen. Wissen Sie« – sie beugte sich beschwörend zu meinem Vater – »keiner Fliege kann er was zuleide tun. Keiner Fliege!«

Mein Vater stand auf und sagte sehr ernst: »Frau Stolle, ich muss Sie leider bitten, mir Ihre Fingerabdrücke zu geben.«

Frau Stolle glaubte, nicht recht gehört zu haben. Meine Mutter verließ das Zimmer und verzog sich schnurstracks aufs Klo. Ich konnte mir lebhaft vorstellen, wie sie dort einen ihrer Anfälle bekam: O Gott, dieser Mann! Diese Strafe!

Mein Vater war durch ihr Verschwinden kurzzeitig aus dem Konzept gebracht. Auch ihm waren diese Anfälle bestens bekannt. Dann aber holte er eine Flasche Bier aus der Küche, putzte sie mit einem Staubtuch lange und sehr gründlich sauber und stellte sie vor Burkhards Mutter auf den Tisch. »Ich gehe nur einem berechtigten Verdacht nach. Bitte berühren Sie diese Flasche.«

Frau Stolle schüttelte fassungslos den Kopf. Dann jedoch griff sie nach der Flasche, und einen Moment dachte ich, sie würde sie meinem Vater auf den Kopf schlagen.

Wer weiß, bei seinem Fliegengewicht hätte die Flasche vielleicht ausgereicht, ihn zu Fisch-Winkler ins Jenseits zu befördern.

»Danke, Frau Stolle, das genügt mir«, sagte mein Vater und nahm ihr mit dem Staubtuch die Flasche aus der Hand.

Er geleitete sie zur Wohnungstür, legte wieder seine Hand auf ihren Rücken und verabschiedete sie mit den Worten: »Ich danke Ihnen für die sachdienliche Mitarbeit.«

Frau Stolle war immer noch derart verblüfft, dass sie keinen Ton sagte. Vielleicht aber hörte sie vom Treppenhaus, wie meine Mutter heulend aus dem Klo kam. Sie heulte und redete nur kopfschüttelnd vor sich hin: »Du bist so krank, du bist einfach nur krank, du bist so furchtbar krank …«

8

Wie verwandelt kam Burkhard Stolle am nächsten Tag
in die Schule. Er war froh, dass seine Mutter nach dem
Verhör von der Kriminalpolizei freigelassen worden war.
Richtig glücklich aber war er über die Verhaftung seines
Vaters. Der konnte ihn jetzt nicht mehr nach Strich und
Faden verprügeln. »Dafür dank ick die Polizei. Aber dass
er Fisch-Winkler erschlagen hat, gloob ick nich. Dafür is
der viel zu feige.«

Als der Vater in Untersuchungshaft blieb, arrangierte
sich Burkhard recht schnell mit dem Umstand, der Sohn
eines Mörders zu sein. Er begann, diese Rolle zu genießen. Er war einer der leistungsschwächsten und undiszi-
pliniertesten Schüler der Klasse, von nun an aber war er
vor allem so etwas wie der große Unheimliche: Lässig
schritt er über den Schulhof, warf drohende Blicke zu
den Lehrern und verführerische zu den Mädchen. Der
dunkle Held an der Juri-Gagarin-Oberschule.

Die Rolle erforderte auch, dass er im Unterricht bedeutungsvoll schweigsam wurde. So bekam er als Wochen-Note in Betragen das erste Mal in seinem Leben
eine Eins. Das allerdings gefiel ihm nun überhaupt nicht:
Als Sohn eines Mörders kann man nicht als artig daste-

hen! Er verlangte von Frau Heinrich, unserer Klassenlehrerin, eine Abänderung der Note. Schon den Gedanken daran bezeichnete sie als völlig widersinnig. Daraufhin beschimpfte er sie als Betrügerin. Was zur Folge hatte, dass er als nächste Wochen-Note in Betragen wieder seine Vier bekam.

Bevor Burkhard der Sohn eines Mörders geworden war, hatte es nur eine einzige Schulstunde gegeben, in der er nicht ständig schwatzte, sondern zu aller Verwunderung keinen Ton sagte. Wir hatten in dieser Stunde Deutsch bei Frau Heinrich. An ihrem Verhalten war nichts Besonderes, außer dass sie gelegentlich zum Klassenschrank schaute, der immer wieder ein bisschen hin und her wackelte. Schließlich meldete sich Ecki Manzke und sagte, dass irgendwas mit dem Schrank nicht stimme. »Ach i wo«, sagte Frau Heinrich und ermahnte Ecki, sich und die anderen nicht vom Unterricht abzulenken. Der Schrank jedoch wackelte immer deutlicher. Annegret Peters und Lilo Müller bekamen es mit der Angst zu tun und baten Frau Heinrich, doch vielleicht mal hinein zu schauen. Frau Heinrich drohte, der nächste, der sie und die Klasse vom Unterricht ablenke, bekomme einen Tadel. Dann aber, nur eine halbe Minute später, schlug sie mit der flachen Hand wütend gegen den wackelnden Schrank, dass er plötzlich still stand. Nach zwei Minuten sprang die Schranktür auf, und Burkhard Stolles Vater flüchtete schweißüberströmt und in höchster Atemnot aus dem Klassenzimmer. Ein Staunen und Kichern ging durch die Klasse, nur Burkhard saß wie versteinert da. Frau Heinrich tat völlig verwundert: So was habe sie ja noch nie erlebt. Aber das sei kein Grund, beeilte sie sich hinzuzufügen, sich nicht mehr auf den Unterricht zu konzentrieren.

Am nächsten Tag kam Burkhard grün und blau geprügelt zur Schule. Wir löcherten ihn solange mit unseren Fragen, bis er, heulend vor Wut, erzählte: An allem war Frau Heinrich schuld. Sie nämlich hatte Burkhards Eltern wegen seiner fortwährenden Disziplinlosigkeit, wie sie es nannte, aufgesucht. Sein Vater, der diese Disziplinlosigkeit unbedingt mal miterleben wollte und schon einige Flaschen Bier getrunken hatte, kam auf die Idee, sich im Klassenschrank zu verstecken. Frau Heinrich fand die Idee richtig prima. Was der Vater natürlich nicht ahnte, war, dass seine Frau dem Sohn das Vorhaben und die entsprechende Schulstunde verraten würde. Sie bat Burkhard, dass er ausnahmsweise schön lieb sein solle, um dem Vati eine Freude zu bereiten. »Ick war doch lieb«, sagte Burkhard mit seinen zwei Veilchen. »Nur weil er keene Luft mehr bekommen hat, die Nulpe ... Frau Heinrich, die hätt 'n paar uffs Maul kriegen müssen oder von mir aus meene Mutter, jedenfalls nich icke.«

Am liebsten wäre es Burkhard gewesen, sein Vater wäre in dem engen Schrank erstickt. Nun saß er wenigstens in U-Haft.

Der Tatverdächtige Karl-Heinz Stolle war, wie überhaupt der Mordfall »Erich Winkler«, schnellstens in aller Munde, überall zwischen Warschauer Straße, Stralauer und Karl-Marx-Allee. In der Zeitung stand natürlich nichts davon, kein Sterbenswörtchen.

»Was die Menschen interessiert, wird ihnen verschwiegen.« Meine Mutter ließ auch keine Gelegenheit aus, sich aufzuregen. Und mein Vater sprang erwartungsgemäß drauf an.

»Wir leben nicht im Westen«, dozierte er, »wo die Springer-Presse mit solchen Meldungen Profit macht.«

Mein Vater war der Meinung, dass die Bevölkerung durch solche Meldungen nur unnötig verunsichert würde, zumal ja im Sozialismus die Kriminalität sowieso langsam aber sicher aussterbe. Einmal hatte ich ihn gefragt, was er denn arbeiten wolle, wenn die Kriminalität ausgestorben sei, und mein Vater hatte gesagt, dann müsse er eben aufpassen, dass es dabei bliebe, ein für alle Mal. Ich verstand nicht, wie etwas wieder entstehen konnte, wenn es vorher ausgestorben war. Die Dinosaurier waren ja auch nicht wiedergekommen oder die Neandertaler.

Im Gegensatz zu meiner Mutter bekümmerte es mich überhaupt nicht, dass über Fisch-Winkler nichts in der Zeitung stand. Im Gegenteil: Umso größer war für mich der Anreiz, Licht ins Dunkel zu bringen. Bedauerlich war eigentlich nur, dass die Boxkämpfe auf dem Boxhagener Platz plötzlich aus der Mode waren. Als wäre Fisch-Winkler nicht durch eine Bierflasche, sondern bei einem Boxkampf umgekommen.

9

An einem der folgenden Abende tauchte die Kriminalpolizei bei uns zu Hause auf, um mit meinem Vater zu sprechen. Die beiden Männer waren etwas jünger als er, vielleicht Mitte dreißig, aber schon Oberleutnants. Sie waren groß und kräftig. Der eine trug eine Lederjacke, die sogar etwas abgewetzt war, der andere einen lässigen Schnurrbart. Sie machten den Eindruck eines eingespielten Teams, vor allem mit Komplimenten für meine Mutter.

»So eine schöne Frau«, sagte der mit der Lederjacke. »Das ist doch mal 'ne tolle Überraschung im Dienst.«

»Unsere Abschnittsbevollmächtigten sind nicht zu unterschätzen«, sagte der Schnurrbärtige. »Die haben manchmal was ganz Besonderes in der Hinterhand.«

Meine Mutter öffnete ihr Haar, das sie zu einem Dutt hoch gesteckt hatte, und bot von den Lebkuchenherzen an, die schon für Weihnachten gebacken waren.

»Nun zur Sache, Genosse Jürgens«, sagte der mit der Lederjacke. »Du gehst doch, wie wir hoffen wollen, mit wachen Augen durch die Straßen deines Bereiches.«

»Das tue ich«, sagte mein Vater in einem etwas unterwürfigen Ton, den er offenbar als passend zu der forschen, herablassenden Art der beiden Oberleutnants empfand.

»Dann berichte uns doch mal über auffällige Subjekte im unmittelbaren Umfeld von Herrn Winkler«, sagte der Schnurrbärtige, als würde er ein Verhör fortsetzen.

»Na ja, also«, sagte mein Vater, räusperte sich und suchte nach Festigkeit in seiner Stimme. »Da sind zuerst einmal die asozialen und zum Teil vorbestraften Elemente, die im Fisch-Geschäft von Herrn Winkler verkehren.«

»Verkehrten«, verbesserte ihn meine Mutter, die sich offenkundig auf die Seite der beiden Oberleutnants geschlagen hatte.

»Genau, verkehrten«, bestätigte mein Vater sofort, als wäre dieser Hinweis äußerst wichtig und er sehr dankbar dafür, wie er mit einem Lächeln in Richtung meiner Mutter zum Ausdruck brachte.

»Namen und Adressen, Genosse Jürgens«, sagte der Schnurrbärtige. »Oder hast du keine Aufzeichnungen zu den Subjekten?«

Mein Vater hatte keine Aufzeichnungen. Da er das aber nicht zugeben wollte, trat er die Flucht nach vorn an: »Ich merk mir das alles, die Namen und die Adressen.«

»Alle Achtung«, lobte der Schnurrbärtige, wirkte aber nicht gerade achtungsvoll, während sein Kollege meiner Mutter charmant zulächelte.

»Als erstes«, sagte mein Vater, »möchte ich Jochen Grundorff nennen, vorbestraft wegen Körperverletzung, wohnhaft Grünberger Straße 64, direkt gegenüber von Fisch-Winkler, also von Herrn Winkler, besser gesagt.«

Wie bitte? Ausgerechnet Jochen musste er nennen!? Als ob's da nicht weiß Gott noch andere gäbe.

»Und weiter?«, hakte der Schnurrbärtige nach, der sich die Auskunft notiert hatte.

»Der Grundorff«, sagte mein Vater, »der ist ein schwerer Junge, wie man so sagt. Dem ist alles zuzutrauen.«

»Was wem zuzutrauen ist, musst du uns schon überlassen«, sagte der mit der Lederjacke. Nur für die Dauer dieses Satzes hatte er seinen Blick nicht bei meiner Mutter.

»Ja, selbstverständlich«, beeilte sich mein Vater, dann aber überzog plötzlich ein freudiges, fast draufgängerisches Strahlen sein Gesicht. »Ich hab da noch was für euch, Genossen.« Er ging in die Küche und kam mit der Bierflasche zurück, die Frau Stolle hatte anfassen müssen. Er trug sie ganz vorsichtig mit einem Staublappen am Kronverschluss.

»Nicht im Dienst«, sagte der Schnurrbärtige leicht entrüstet, »nicht mal 'n Schlückchen.« Mein Vater lachte und sagte: »Weiß ich doch, Genossen, weiß ich doch.«

Er kostete nun ein bisschen das verwunderte Schweigen der beiden höher gestellten Polizisten aus, dann sagte er: »Es sind nicht nur Männer im Kreis der möglichen Täter. Es existiert auch die berechtigte Annahme, dass eine Frau die Tat vollzogen haben könnte.«

Mein Vater schaute, überzeugt von der klugen Weitsicht seiner Vermutung, zu meiner Mutter. Trotzig schaute er zu ihr, als wollte er sagen: Du kannst mich für krank halten, aber unterschätzen solltest du mich nicht. Meine Mutter erwiderte nur kurz seinen Blick mit einem traurigen Kopfschütteln. Dann band sie sich die Haare wieder hoch und verließ das Wohnzimmer. Ich jedoch blieb. Zwar war auch mir das Auftreten meines Vaters peinlich, aber das war erstens nichts Besonderes, und zweitens: Deswegen wollte ich trotzdem nichts verpassen.

»Um es kurz zu machen«, sagte er. »Ich habe mir erlaubt, die entsprechende Person einem Verhör zu unterziehen, und nachdem sie bestimmte Verdachtsmomente hinlänglich verstärkt hatte, hab ich ihr die Fingerabdrücke abgenommen. Sie sind auf dieser Flasche, und ihr könnt sie mit denen auf der Tatflasche vergleichen.«

Die beiden Oberleutnants starrten entgeistert abwechselnd zu meinem Vater und zu der Bierflasche, die er unverändert mit dem Staubtuch am Kronverschluss festhielt. Als erster sammelte sich der Schnurrbärtige. Er riss meinem Vater die Flasche aus der Hand und brüllte: »Hör mal, du Wicht, bist du von allen guten Geistern verlassen? Wir bemühen uns um gründlichste Ermittlungen, und du verunsicherst die Bevölkerung, indem du deine Kompetenzen aufs Gröbste überschreitest.«

Wieder fürchtete ich für einen Moment, mein Vater würde die Flasche über den Kopf gezogen bekommen, aber auch so war es schon hart genug für ihn.

»Ich …?«, stotterte er. »Warum denn … verunsichere ich unsere Bevölkerung?«

»Weil du einfach 'n Idiot bist«, sagte der mit der Lederjacke lapidar. Der Schnurrbärtige stand auf, nahm sich ein Lebkuchenherz und sagte noch etwas von einem Nachspiel, bevor die beiden gingen.

»Ich …? Verunsichere …? Ich? …« Mein Vater stammelte und sah mich an, als würde ich eine Erklärung wissen. Ich zuckte aber nur hilflos mit den Schultern und war noch nicht mal in der Lage, ihm zu sagen, dass er mir

Leid tat. Dass mir sein Auftreten peinlich war, aber dass er mir trotzdem wirklich Leid tat.

Erst Tage später hatte er sich wieder ein bisschen aufgebaut. »Ich bin's doch«, sagte er, mit mir allein im Wohnzimmer, während im Fernsehen Fußball-Oberliga lief, »ich bin's doch, der in den Straßen des Bereiches umher geht und guckt, was los is, bei Regen und Wind, bei Hitze und bei Eiseskälte. Die Kripo, die sitzt doch in ihrer Dienststube und lässt sich alle möglichen Verdächtigen zum Verhör kommen. Wer arbeitet denn stattdessen an der Basis und guckt immer nach 'm Rechten, damit das Verbrechen schon im Vorfeld ausgeschaltet wird?«

Mit dem Verbrechen und dem Vorfeld zitierte mein Vater aus den Schulungen, die er von Zeit zu Zeit besuchen musste. Er zermarterte sich den Kopf, warum es ihm nicht gelungen war, den Mord an Fisch-Winkler im Vorfeld zu verhindern. Der Mann war allein stehend gewesen, seine Frau hatte ihn, wie man sich erzählte, schon vor vielen Jahren verlassen. Er hatte keine Kinder und, soviel bekannt war, auch sonst keine Verwandten. Kein Wunder also, dass das Bier bei ihm billiger war als anderswo. Nur deshalb waren immer Leute in seinem Laden, mit denen er reden konnte. Leider, so die Überzeugung meines Vaters, handelte es sich dabei weitestgehend um zwielichtige Personen, die sich kein teureres Bier kaufen konnten.

»Alles Verdächtige. Kriegt die Kripo natürlich nicht mit. Die kennen sich doch überhaupt nicht aus im Viertel … Ich lass mich nicht aus dem Fall drängen, von denen schon gar nicht. Da muss man mit System ran. Das Wichtigste ist: 'ne Liste, mit allen Verdächtigen …«

Bald darauf verließ er das Zimmer, und ich beobachtete, wie er einen Zettel aus seiner Uniformjacke nahm, die
immer griffbereit an der Flurgarderobe hing. Er machte
ein paar Notizen und steckte den Zettel wieder zurück.
In der Nacht stand ich auf und las den Zettel. So ein
Schwachsinn! Seine Verdächtigen hätte sich jeder in unserm Viertel an fünf Fingern abzählen können:

Obenan stand, nun erst recht, Frau Stolle, darunter ihr
Mann Karl-Heinz, dann folgten der einbeinige Harry
Kupferschmidt und Anton, der Neigentrinker. Anton,
der seine Rente jedes Mal und bis auf den letzten Pfennig
bei seiner Frau abgeben musste, trank, was die anderen
in ihren Flaschen manchmal übrig ließen, und gelegentlich verdiente er sich einen Doppelkorn, indem er einen
halben Bierdeckel verspeiste. Auf diesem Gebiet war
Anton eine unbestrittene Ausnahmeerscheinung, denn
niemand sonst vermochte auch nur einen viertel Bierdeckel herunter zu kriegen.

Der fünfte und letzte auf der Liste war Jochen Grundorff. Jochen war im Sommer dreißig geworden, arbeitete als Kohlenträger und kam nach Feierabend oftmals auf
den Boxhagener Platz. Jochen trug die Haare bis über die
Ohren – »so 'n richtjer oller Beatle«, wie meine Großmutter abfällig sagte –, und sein drahtiger Oberkörper war
über und über mit langhaarigen Nixen tätowiert. »Alle
meine Bräute«, pflegte er stolz zu sagen und zeigte grinsend seine lückenhaften Zahnreihen, während seine
Freundin, die schielende Rita, aus vollem Halse lachte.
»Willst 'n mit die anfangen … mit ihre Fischschwänze?«,
krakeelte sie, dass es auf dem ganzen Platz zu hören war.

Jochen war eigentlich ein gutmütiger Typ. Nur wenn

jemand ihn oder Rita beleidigte, konnte er sehr unge-
mütlich werden. War der Jemand schwächer als er, bekam er als Achtungszeichen einfach nur eine Backpfeife
verpasst. War er allem Anschein nach stärker, ging Jochen richtig zur Sache. Einmal hatte er sich mit einem
betrunkenen Leutnant der Nationalen Volksarmee geprügelt. Das war dann Körperverletzung und obendrein
Beleidigung der Staatsmacht. Deshalb war Jochen für
zwei Jahre in den Knast gegangen.

Ich hielt es für hundertprozentig ausgeschlossen, dass
Jochen den alten Winkler auf dem Gewissen hatte. Einen
Mann, den er hätte umpusten können, mit einer Bierflasche niederzuschlagen, das war einfach nicht sein Stil.
Die Mutter von Burkhard Stolle, aber auch seinen Vater,
so sehr ich es dem armen Burkhard gewünscht hätte,
konnte ich mir als Täter ebenfalls nicht vorstellen, von
Anton, dem Neigentrinker, und dem einbeinigen Kupferschmidt ganz abgesehen. Harry Kupferschmidt hätte
sich schon sehr verstellt haben müssen, als er mir unmit-
telbar vorm Tatort in ziemlich entspannter Form Auskunft gab. Und Anton, von dem es hieß, dass er von
seiner Frau verprügelt wurde, wenn er nicht auf schnell-
stem Wege mit seiner Rente nach Hause kam? Unmöglich. Eigentlich konnte ich mir überhaupt niemanden aus
unserm Viertel vorstellen, der fähig gewesen wäre, Fisch-
Winkler umzubringen. Aber was wusste ich schon über
diesen Mann?

Ich wusste, dass er sein Bier billiger als andere ver-
kaufte, aber Anschreiben gab es bei ihm nur in Ausnah-
mefällen und mit Zinsen. Deshalb wohl hatte Rudi ihn
manches Mal einen knickrigen Nazi genannt. Für mich

klang das so, als wäre Nazi die zwangsläufige Steigerung von Geiz. »Halt 'n Schnabel, Rudi«, sagte Oma Otti stets darauf. Sie wollte nicht, dass er in meiner Anwesenheit über sowas redete.

Nach Ansicht meiner Klassenlehrerin Frau Heinrich oder der meines Vaters gab es im Grunde genommen keine Nazis in der DDR. Sie waren, wie es hieß, historisch überwunden. Vielleicht, dachte ich, kann jemand historisch überwunden sein, und trotzdem gibt es ihn. Zumindest bis er mit einer vollen Bierflasche erschlagen wird. Aber wie verhielt es sich mit Oma Otti, die von der Kinderverschickung, den Müttergenesungsheimen und »Kraft durch Freude« schwärmte? Oder was war mit Rudi, der mir den Krieg beschrieb wie ein Abenteuer mit tollen Kameraden und unberechenbaren Russen, von denen viele zu den Deutschen übergelaufen seien, nur würde das heutzutage keine Geschichtslehrerin vor ihren Schülern zugeben? Immer wieder hatte er mir vom Krieg erzählt, der ganz bestimmt gewonnen worden wäre, wenn nicht dieser verfluchte russische Winter einen Strich durch die Rechnung gemacht hätte. Waren Rudi und Oma Otti nicht eigentlich auch Nazis? Im Falle Rudis tröstete ich mich damit, dass er ja nicht mein Großvater, sondern nur der sechste Mann meiner Großmutter war. Nach den Worten meines Vaters: eine historisch überwundene Person. Aber Oma Otti?

10

Rudi, die historisch überwundene Person, lag nach wie vor im Bett und verließ es nur, um aufs Klo zu gehen. Inzwischen war Fisch-Winkler exakt sechzehn Tage tot und immer noch kein Täter in Sicht.

»Guten Tag, Opa Rudi«, sagte ich mit ausgesuchter Freundlichkeit durch die geöffnete Schlafzimmertür.

»Tach, tach«, entgegnete er stöhnend.

»Sag mal … was ich dich mal fragen wollte … hast du eigentlich schon gehört, ob Fisch-Winklers Mörder inzwischen gefunden wurde?«

Keine Antwort. Nicht mal ein Bewegen des Kopfes als Ja oder Nein. Eigentlich war es unsinnig, ihn danach zu fragen, da er Informationen zu dem Fall ja nur von meiner Großmutter bekommen konnte. Aber es war doch möglich, dass sie ihm Dinge erzählte, die sie mir vorenthielt. Jedenfalls interessierte mich seine Reaktion, und sei es nur ein Gesichtsausdruck. Misstrauisch, geradezu ängstlich erschien er mir. Aber das konnte natürlich auch von seinen Kopfschmerzen herrühren. Wie auch immer, ich hielt es als Verdachtsmoment fest.

Wie manches Mal, wenn ich sein hageres, rotgeädertes Gesicht betrachtete, fragte ich mich, wo in seinem

Kopf sich der Splitter gerade befinden mochte. Über dem linken Ohr war er eingedrungen, auf dem Rückzug durch Russland. Vielleicht bewegte er sich seitdem von einem Ohr zum anderen. Vielleicht wanderte er auch völlig ziellos umher. Oder aber er wollte raus aus dem Kopf und war deshalb ständig unterwegs. Vielleicht wäre es möglich gewesen, den Splitter durch eine Operation zu entfernen, doch Rudi wollte nicht einmal darüber nachdenken. »Die machen mir den Kopp uff und nich mehr richtig zu«, hatte er gesagt, als meine Großmutter ihn dazu bringen wollte, wenigstens mal zur Untersuchung zu gehen. Vielleicht befürchtete er, man würde ihm nicht nur den Splitter, sondern das ganze Gehirn herausnehmen und dafür das eines hundertprozentig linientreuen Kommunisten einsetzen. »Den Kommunisten is doch allet zuzutrauen«, hatte er mehr als ein Mal gesagt. Und ihm? War ihm zuzutrauen, dass er das Wesentliche verheimlicht hatte? Dass er nämlich am besagten Abend nach dem FEUERMELDER doch noch schnell zu Fisch-Winkler gegangen war und ihn umgebracht hatte?

»Nu mach mal hinne, Linsensuppe is warm«, rief meine Großmutter aus der Küche. »Außerdem muss ick dringend uff 'n Friedhof.«

Die Suppe stand schon auf dem Tisch, und Oma Otti drückte mir den Löffel in die Hand.

»Isst du nicht mit?«, fragte ich.

»Neenee, keene Zeit.«

Das war ungewöhnlich. Bei dem Appetit, den sie immer hatte.

»Ist heute soviel zu gießen?«

»Ach, so dies und das«, sagte sie und band sich schon ihr Kopftuch um.

»Wie denn, soll ich etwa nicht mitkommen?«

»Weeßte, ick hab mir jedacht: Kümmer dir mal lieber um deine Schule und nich soviel um de Toten.«

Jetzt auf einmal! Jetzt auf einmal wollte sie mich nicht mehr dabei haben? So ein fadenscheiniges Argument: Jahrelang hatte sie mich mit ihrem Friedhof immer wieder von den Hausaufgaben abgehalten, die ich dann zum Unwillen meiner Eltern erst nach dem Abendbrot machte.

Hier stimmte was nicht.

Ich folgte ihr heimlich über die Karl-Marx-Allee zum St.-Petri-Friedhof. Dort ging sie nicht etwa zielgerichtet zu einer bestimmten Grabstelle, sondern schaute sich erst mal ausgiebig um und schlenderte durch die Reihen, als wäre sie nur so zur Erholung hier. Die Harke und die Gießkanne hatte sie an »Maxe« Schmelings Grab abgestellt. Im Schutz eines großen Marmorgrabsteins konnte ich sie gut beobachten.

Es wunderte mich nicht, als nach einigen Minuten Karl Wegner auf sie zukam. Ich hatte sogar ein wenig mit ihm gerechnet. Sie begrüßten sich mit einem Händedruck, der, wie ich fand, Sympathie, aber auch Nervosität verriet. Was redeten sie? Ich konnte aus der Entfernung von dreißig, vierzig Metern kein Wort verstehen.

Sie gingen ein Stück weiter, um sich auf eine Bank zu setzen. Karl Wegner benahm sich dabei wie ein Kellner, der einem Gast einen Platz anbietet. Und meine Großmutter benahm sich wie ein Gast, der die galante Höflichkeit des Kellners würdevoll annimmt. Dann aber kicherte sie plötzlich, geradezu mädchenhaft. Vielleicht war sie sich des beiderseitigen Rollenspiels bewusst geworden.

Zum Glück wurde der Hauptweg des Friedhofs von einer Reihe großer Pappelbäume gesäumt. Ich lief die Reihe entlang – wie ein Indianer beim lautlosen Angriff kam ich mir vor –, kauerte mich hinter die der Bank am nächsten stehende Pappel und lauschte.

Zum Glück sprachen sowohl meine Großmutter als auch Karl Wegner, wie bei alten Leuten üblich, ziemlich laut. Der Ausgangspunkt des Gespräches war allem Anschein nach das Gedicht gewesen, denn inzwischen ging es um die Frage, ob heute die Medizin so weit sei, die furchtbare Möglichkeit des Scheintods mit Sicherheit auszuschließen. »Ick meine: grundsätzlich, wenn Se versteh'n, wat ick meine«, sagte Oma Otti.

Karl Wegner erwiderte: »Grundsätzlich würde ick sagen: Nein.«

»Det hieße«, folgerte Oma Otti, und sie machte eine weit ausholende Armbewegung, »det hieße ja quasi, dass hier uff 'm Friedhof ooch Scheintote liejen. Ick meine, inzwischen werden se verstorben sein unter de Erde, aber grundsätzlich, meine ick.«

»Man müsste«, sagte Karl Wegner, »die Gräber aufmachen und nachsehen. Da, wo 'n völlig verrenktes Skelett liegt, da gab's 'nen Scheintoten.«

»Ick frage mir«, sagte Oma Otti, versonnen und erschrocken zugleich, »ob eener meiner Männer scheintot war.«

»Vielleicht können Sie als Angehörige das Grab von Maxe Schmeling öffnen lassen.«

Meine Großmutter überlegte kurz, dann winkte sie ab. »Ach, so wichtig isset mir nu ooch wieder nich. Wär ja sowieso nischt mehr dran zu ändern. Wär quasi nur wegen der Neugierde.«

»Oder wir gucken heimlich nach«, schlug Karl Wegner vor. Ohne dass ich es von meinem Lauschposten aus sah, konnte ich mir vorstellen, wie er die Überraschung meiner Großmutter auskostete.

»Na, Sie sind mir aber eener«, sagte sie nach einem Weilchen, ohne sich offenbar gänzlich sicher zu sein, dass dieses Angebot nur ein Scherz war.

Das Thema Scheintod war damit aber nicht erledigt. Im Gegenteil, die beiden fingen an, sich einander regelrecht überbieten zu wollen mit ihren Kenntnissen und Vorstellungen: Meine Großmutter erwähnte die Sicherheitsklingeln auf den Gräbern des neunzehnten Jahrhunderts, Karl Wegner erzählte daraufhin von moderneren Varianten aus den zwanziger Jahren: Elektronische Klingeln, die in Gang gesetzt wurden, sobald sich der Scheintote in seinem Sarg bewegte.

»Und wenn er sich nur 'n bisschen bewegt?«, entgegnete Oma Otti und stellte fest: »Der Sarg der Zukunft müsste mit 'ner Überwachungskamera ausjestattet sein, versteh'n Se? Und vorne im Häuschen vom Friedhofswächter steht der Fernsehapparat. Sobald sich wat bewegt, taucht det Bild uff 'm Bildschirm uff.«

»Ick plädiere für Sensoren«, schlug nun wiederum Karl Wegner vor. »Sobald der Scheintote atmet, ertönt 'ne Sirene auf dem Friedhof. Das is die sicherste Variante.«

»Sensoren?«, fragte Oma Otti. »Wat soll 'n det sein? Hab ick ja noch nie jehört.«

»Naja, so neue Apparate. In Amerika gibt's die schon. Zeigen alles an, was so passiert, wissen Sie?«

Alles, was so passiert? Ich fand, das klang wenig überzeugend. Meine Großmutter jedoch wandte nichts ein, und eine sicherere Variante schien ihr auch nicht einzufallen. Nichts, womit sie Karl Wegner überbieten konnte. Dann aber hatte sie doch noch eine tolle Idee: »Am einfachsten wär et doch aber, man würde die Toten einfach länger über der Erde lassen. Die Särge könnten ja, luftdicht verschlossen, uff den Gräbern oben druff stehen, sagen wa: wenigstens 'n paar Wochen lang. Det wär im Übrigen ooch die preiswerteste Variante.«

Das war ein Einfall, der sehr zu Oma Otti paßte: »Wat praktischet«, wie sie selbst oft genug sagte. Karl Wegner schwieg. Wahrscheinlich stimmte er ihr beeindruckt zu. Dann aber schüttelte er noch ein As aus dem Ärmel: »Über den Zusammenhang von Scheintod und Feuerbestattung haben wir noch gar nich gesprochen ...«

»Det isset doch, wat ick meine«, unterbrach ihn meine Großmutter triumphierend. »Nach wenigstens 'n paar Wochen über der Erde isset doch völlig ejal, ob eener inne Urne kommt oder im Sarg drinne bleibt.«

Ich versuchte mir auszumalen, wie der Friedhof aussehen würde mit Särgen wochenlang auf den Gräbern, darüber stehenden Fliegenschwärmen, einzelnen Klingeln oder einer Alarmsirene am Hauptweg. Unterdessen gewann Karl Wegner dem Thema eine weitere Facette ab: Scheintod unter Lebenden. Er erzählte von indischen Fakiren, die in der Lage waren, ihren Herzrhythmus soweit zu verringern, dass von Herzrhythmus schon gar nicht mehr die Rede sein konnte.

»Warum die det wohl machen?«, fragte Oma Otti, aber mit unverkennbarer Achtung vor solch einer Leistung.

»Das is deren Kultur«, sagte Karl Wegner im Tonfall eines Eingeweihten. »Die nennt sich Askese … Oder nehm' Sie die Indianer«, fuhr er fort. »Wenn die merken, dass sie bald sterben, lassen sie sich auf einen Berg tragen, bleiben dort liegen und hören langsam auf zu atmen. Zum Schluss atmen sie nur noch wie die Fakire, und dann hören sie ganz auf.«

»Schöner Tod«, sagte Oma Otti. »Wenn ick da an 'n armen Rudi denke, wie der rumstöhnt mit seinem Splitter im Kopp, der jar nich mehr uffhört zu wandern.«

Sie hatte ›armer Rudi‹ gesagt, trotzdem hatte ich nicht den Eindruck, dass sie ihn sonderlich bemitleidete. Karl Wegner hatte diesen Eindruck offenbar auch nicht. Jedenfalls sagte er: »Bei dem vielen Bier und Schnaps, was Rudi immer so gesoffen hat, denk ick, ehrlich gesagt, der Splitter wandert nich, der schwimmt.«

Großmutter seufzte. Der Seufzer ging in ein glucksendes Lachen über, das aber durch einen weiteren Seufzer schnell unterbunden wurde. Dann räusperte sie sich, schien kurz nach Worten zu suchen und sagte klar und fest: »Ick muss ja ehrlich sagen: Ick hab mit Rudi nich een Mal so 'n interessantet Jespräch jeführt wie mit Ihnen.«

»Frau Henschel«, sagte Karl Wegner geradezu feierlich, »ick bin aufrichtig geschmeichelt. Mir geht es aber genauso mit Ihnen.«

Diese feierliche Note war meiner Großmutter offenbar nicht geheuer. Mit unverändert klarer, fester Stimme fragte sie: »Haben Sie 'ne Ahnung, wer den ollen Fisch-Winkler umme Ecke jebracht hat?«

»Nee«, sagte Karl. »Da hab ick überhaupt keine Ahnung. Nich im Geringsten.«

Das klang fast so, als hätte er die ganze Zeit auf diese Frage gewartet.

»Aber vielleicht wissen Se, wo Rudi war an dem Abend nach 'm Feuermelder?«, fragte Oma Otti.

Was? Gerade noch konnte ich mich beherrschen, diese Frage nicht laut zu stellen. Meine Großmutter hatte mir doch gesagt, dass Rudi gleich nach dem FEUERMELDER nach Hause gekommen war! Sie hatte mich also belogen. Oder war sie jetzt dabei zu lügen? Wie auch immer, Rudi wurde damit wieder zu einem möglichen Täter, einem sehr möglichen.

Karl Wegner war nicht überrascht von der Frage meiner Großmutter. Gleichwohl klang seine Stimme nicht mehr so sicher wie bei seinen Überlegungen zum Thema Scheintod.

»Ick muss zugeben, Frau Henschel, nach 'm Feuermelder bin ick mit Rudi noch durch die Straßen gezogen. Zwei Stunden etwa. Hab ick mir natürlich nich so genau gemerkt. Konnte ja keiner ahnen, dass zu dem Zeitpunkt der Fisch-Winkler ... Na ja. Rudi hatte noch 'ne halbe Flasche Korn mitgenommen. Wollt er unbedingt mit mir austrinken. Na ja, dacht ick mir, besser als wenn er die alleine austrinkt. Ick meine: Ick trink ja normalerweise kaum noch was. Mal 'n Bier in Gesellschaft. Aber das is dann auch alles.«

»Ach, wirklich?« Oma Otti schien zwischen anerkennendem und ungläubigem Staunen hin und her zu schwanken.

»Absolut alles«, sagte Karl Wegner. »Ick schwöre.«

Jetzt wagte ich einen Blick aus meinem Versteck hinter der Pappel und sah, wie der Mann mit dem großen Kopf und der großen Porennase Mittel- und Zeigefinger seiner rechten Hand zum Zeichen des Schwurs aneinander legte, woraufhin sich meine Großmutter für die anerkennende Variante des Staunens entschied. Ihr Blick auf ihn wurde weich, fast träumerisch, und sie sagte: »Ick hab det Jefühl, dass wir noch viele schöne Jespräche haben können.«

Das war eine Art Schlusswort, denn nun stand sie auf, bevor Karl Wegner seinen Arm um ihre Schulter legen konnte, was er gerade vorhatte, zu tun.

»Ach, wie die Zeit verjeht«, sagte sie mit gespielter Eile und einem entsprechenden Blick auf ihre Uhr. Sie verabschiedeten sich wie bei der Begrüßung. Nur schüttelten sie die Hände ungefähr zwei Mal so lang wie nötig.

Karl Wegner blieb allein auf der Bank zurück, während meine Großmutter die Harke und die Gießkanne von »Maxe« Schmelings Grab holte und schnurstracks den Friedhof verließ. Ich entschloss mich, so wie ich mich heran geschlichen hatte, auch wieder davon zu kommen.

Ich war gerade im Begriff, mich hinter dem Pappelstamm aufzurichten, als Karl Wegner, ohne sich umzudrehen, plötzlich sagte: »Na, haben wir wieder was gelernt, was es in der Schule nich zu lernen gibt?«

»Ja«, sagte ich verblüfft und trat auf ihn zu.

»Hab ick früher auch gemacht«, sagte er. »Ick meine: Hinter andern Leuten her schleichen und sie belauschen.«

Seine verständnisvolle Reaktion war mir sehr verdäch-

70

tig, besonders als er hinzu fügte: »Ick werde dich nich verraten. Weder bei deiner Oma noch woanders.«

Wieder legte er Mittel- und Zeigefinger aneinander. Nun war ich mir ziemlich sicher: Karl Wegner hat mit seinem Bericht über die nächtliche Sauftour Rudi decken wollen. Rudi, den Mörder von Erich Winkler. Vielleicht war Karl Wegner sogar sein Helfer bei der Tat gewesen.

»Eine Hand wäscht die andere«, sagte ich wie jemand, der weiß, was es heißt, dichtzuhalten und verließ möglichst lässig den Friedhof.

11

Fisch-Winklers Leiche wurde von der Staatsanwalt-schaft, wie ich von meinem Vater noch am selben Abend erfuhr, zur Feuerbestattung freigegeben. Am nächsten Tag, also siebzehn Tage nach seinem unfreiwilligen Ableben, erzählte ich die Neuigkeit auf dem Boxhagener Platz. Meinen Verdächtigen behielt ich allerdings für mich. Ich hatte mir vorgenommen, Rudi, dem Täter, ein umfassendes Geständnis zu entlocken.

»Zur Feuerbestattung freigegeben … soll damit der Fall etwa abgeschlossen sein?«, fragte mich Jochen Grundorff. Jochen, unschuldig vorbestraft wegen Körperverletzung und Beleidigung der Staatsmacht, fragte mich. Mich! Meine Brust schwoll vor Stolz.

»Nein«, sagte ich und nutzte die Gelegenheit für, wie mein Vater es genannt hätte, weiterführende Bemerkungen.

»Die haben ja noch nicht mal so einen richtigen Verdächtigen. Abgesehen von Burkhard Stolles Vater. Aber dem können sie auch nichts richtig nachweisen, sonst hätten sie ihn wohl schon verknackt und nicht mehr immer noch in U-Haft.«

»Na und?«, schimpfte Jochen. »Wenn die keinen andern finden, verknacken sie ihn trotz fehlender Beweise. So sind sie, die Bullen und die alle.«

Jochen kratzte sich, wohl um seine Wut abzuleiten, am Kopf, sodass unverzüglich Kohlenstaub aus seinen Haaren rieselte. Er arbeitete als Kohlenträger und wusch sich nicht jeden Tag den Kopf, weil er sein Geld, wie er mal gesagt hatte, lieber für seine und Ritas Zukunft sparen wollte, als es ständig für Haarwaschmittel auszugeben.

»Jetzt hör mal uff mit deine Bemerkungen über die Bullen«, ermahnte ihn Rita. »Du red'st dir noch um Kopp und Kragen.«

Wer von uns sollte Jochen denn verraten? Wir alle mochten und bewunderten ihn doch, Jimmy Glitschie nicht weniger als Heino Meier, Thommy Walter ebenso wie die Hornau-Zwillinge Rainer und Ralf, und die Mädels sowieso. Rita wollte es sicher nur Annegret Peters und Lisa Mundzeck heimzahlen, wie sie es bei jeder Gelegenheit tat, seitdem die beiden sich eines Abends im vergangenen Sommer an Jochens tätowierte Nixenbrust gekuschelt hatten. Es war eine Wette zwischen den Mädchen gewesen – wer sich denn trauen würde –, und keine von beiden wollte die Wette verlieren. Jochen war mit den beiden an seiner Brust auf dem Weg in den siebenten Himmel, da aber tauchte unversehens Rita auf, jagte die Mädchen davon und ohrfeigte Jochen mit solch einer Wut, dass sie, so wurde später auf dem Boxhagener Platz erzählt, überhaupt nicht mehr schielte.

Nun aber schielte sie stärker denn je. Niemand außer Jochen hätte wohl sagen können, wen genau sie ansah und für einen möglichen Verräter hielt. Lisa und Annegret verzogen sich, und Jimmy Glitschie ging zum Steinelefanten, um eine Trainingseinheit im Kopfüberrutschen zu absolvieren. Mirko Buskow richtete seinen Blick auf mich, als würde er Rita damit gewissermaßen einen Hinweis geben wollen. So ein Idiot. Mir stieg die Zornesröte ins Gesicht, die mich umso mehr wie ein Verräter aussehen ließ, der soeben ertappt worden ist. Was für ein Jammer, dass Mirko Buskow schon in der achten Klasse war und ich erst in der Sechsten. Wie gern hätte ich ihn nach allen Regeln der Boxkunst verprügelt.

Jochen schien Ritas Hinweis zur Vorsicht zu akzeptieren. Er öffnete den obersten Knopf seines Hemds und kratzte sich den ungewaschenen Hals, den eine Reihe tätowierter Tränen schmückte. Diese Tränen waren die passende Untermalung der Stimmung, die ihn ergriffen hatte. Er sagte: »Fisch-Winkler war 'n einsamer Mensch. Der hatte nich einen Freund und keine Frau, die ihn liebte.« Dabei strich er über Ritas Haar.

Ihr Schielen ging wieder auf ein normales Maß zurück, und Jochen fuhr fort: »Und wat bleibt von ihm? Nich mehr als 'n Häufchen Asche. Und die Asche in seiner Urne, die is ganz bestimmt nich nur seine. Die nehmen die Asche von Müller, Meier, Schulze und rühr'n allet durcheinander. Kann doch kein Schwein überprüfen. Fisch-Winkler kann froh sein, wenn überhaupt wat von ihm dabei is.«

Jochen war nicht nur Kohlenträger, er hatte auch schon mal auf einem Friedhof gearbeitet und sicherlich allerhand Gräber ausgehoben.

»Wie ist es eigentlich«, fragte ich, »wenn du alte Gräber ausgehoben hast, in die neue Leichen hinein sollten? Hast du da verrenkte Skelette vorgefunden?«

»Nur noch klägliche Reste hab ick vorgefunden«, sagte Jochen tief ernst und traurig. »Nischt als klägliche Überbleibsel. Also, vergesst nie« – er schaute bedeutungsvoll in die Runde – »euer Leben zu nutzen und euch von nischt und niemand verarschen zu lassen.«

Wir alle nickten beeindruckt, aber Jochens Traurigkeit blieb. Sie blieb einen Tag und noch einen – Rita konnte sein von Kohlenstaub gezeichnetes Gesicht küssen wie sie wollte –, und am dritten Tag blieb sie erst recht. Am dritten Tag nämlich wurde im FEUERMELDER Fisch-Winklers Feuerbestattung begangen.

Die Fenstervorhänge waren zugezogen, hatten aber zwei faustgroße Brandlöcher, durch die ich einen Teil der Säufer unseres Viertels sehen konnte: Der einbeinige Harry Kupferschmidt hatte zur Feier des Tages sein Holzbein angeschnallt und am Fußboden festgenagelt, sodass Helmut Dunckelmann, der Wirt, hinterm Tresen hervorkommen musste, um ihm Bier und Schnaps zu bringen. Harry schwankte schon auf seinem Stuhl hin und her, aber das festgenagelte Holzbein schien ihm soviel Halt zu geben, dass er wenigstens nicht umkippen konnte.

Anton, der Neigentrinker, trank weder Neigen noch überhaupt aus irgendeinem Glas, sondern ließ das Bier direkt aus dem Hahn in seinen Hals laufen. Erst als Dunckelmann von Harry zurückkehrte, hörte Anton auf zu trinken und tat so, als würde er wie üblich nur nach Neigen Ausschau halten und ansonsten kein Wässerchen trüben können.

Manne Kelch, mit seinen vierzig Jahren eher jung in dieser Runde, trank wie üblich Pfefferminzlikör – Pfeffi, wie jeder hier sagte – und spülte mit Bier nach. Tags führte er in unserer Schule das Leben eines unauffälligen Hausmeisters, der höchstens mal aufmüpfige Kinder an den Ohren zog. Abends jedoch wanderte er von Kneipe zu Kneipe und blieb meist im FEUERMELDER hängen, um sich den Rest zu geben. Niemals aber hatte er morgens verschlafen, immer stand er Gewehr bei Fuß, wie er gern uns Schülern gegenüber betonte, obwohl er, wie er auf Anfrage zugeben musste, nie bei der Armee gewesen war – was einzig und allein an einem aus der Kindheit stammenden Lungenleiden lag. Wegen des Lungenleidens musste ihm das Bier immer etwas angewärmt serviert werden.

Still in einer Ecke, fast verdeckt vom Tresen, saßen Jochen und Rita und teilten sich ein Bier. Rita hatte sich, wohl aus Solidarität, von Jochens Traurigkeit anstecken lassen. Vielleicht dachte sie, ihm ein Stück wegnehmen zu können. Aber die Rechnung war ganz offensichtlich nicht aufgegangen.

»Na, Bullensohn, spionierste wieder?«, hörte ich plötzlich hinter mir. Mirko Buskow. Ich war so erschrocken, dass ich aus Reflex schon im Umdrehen erwiderte: »Hau ab, du blödes Schwein.«

Das war ein willkommener Anlass für den unwürdigen Ringrichter aus dem Kampf Jimmy Glitschie gegen Heino Meier: Ohne Ankündigung begann er, auf mich einzuschlagen. Ich duckte mich ab und zog die Arme überm Kopf zusammen. Mehr war nicht übrig geblieben vom eingeübten Verteidigungsstil. Zum Glück war plötzlich Jochen zur Stelle.

»Man schlägt nich welche, die kleener und schwächer

sind!«, brüllte er Buskow an und gab ihm rechts und links eine Backpfeife. Leichte Schläge für Jochen, aber für Mirko Buskow hart genug, dass er heulend davonrannte.

Jochen grinste, dann begann er zu lachen, schließlich lachte er aus vollem Halse. Und obwohl meine Nase heftig blutete, stimmte ich in sein Lachen ein. In der Tür vom FEUERMELDER stand Rita und lachte ebenfalls, in ihrer bekannten krächzenden Art.

»Danke dir, Alter«, sagte Jochen und klopfte mir freundschaftlich auf die Schulter. »So 'nen kleenen pädagogischen Einsatz hab ick gebraucht, sowat muntert wieder auf.«

Frohgemut und Arm in Arm zog er mit Rita am Boxhagener Platz entlang. Ich schaute den beiden eine ganze Weile nach und dachte: Das wären tolle Lehrer. Von Eltern ganz zu schweigen.

Bei diesem Gedanken wurde mir bewusst, dass jeden Moment mein Vater um die Ecke gebogen kommen konnte, um einen Blick in den FEUERMELDER zu werfen, wo sich immerhin drei Personen von seiner Verdächtigen-Liste aufhielten. Stattdessen kam leichten Schrittes Karl Wegner auf mich zu.

»Na, mein Junge«, begrüßte er mich bestens gelaunt. »Ick fühl mich zehn Jahre jünger. Jung und frisch wie siebzig fühl ick mich.«

Bevor er den FEUERMELDER betrat, wandte er sich mir noch einmal zu. Legte den Zeigefinger auf den Mund und sagte: »Aber ick bitte dich: Kein Wort zu deiner Oma. Ick trink auch höchstens nur ein Bier. Ein einziges.«

Diesmal legte er Mittel- und Zeigefinger nicht aneinander. Trotzdem versicherte ich ihm, kein Wort zu sagen.

12

Am nächsten Tag traf sich meine Großmutter mit meiner Mutter zum Mittagessen im Eiscafé Striegel. Das Eiscafé war auf der Frankfurter Allee, und Oma Otti besuchte es nur zu besonderen, zu feierlichen Anlässen. »Kannst ruhig dabei sein«, hatte sie zu mir gesagt. Das konnte ich mir natürlich nicht entgehen lassen, wenn es auch bedeutete, dass ich Rudi wieder mal nicht auf den Zahn fühlen konnte, um das Geständnis zu bekommen. Jeden Mittag hatte ich in sein Schlafzimmer geschaut, aber bislang hatte er immer nur schlafend vor sich hin geröchelt. Doch aufgeschoben war nicht aufgehoben!

Als ich im Eiscafé Striegel ankam, war meine Mutter nach vier Gläschen Eierlikör schon etwas angetrunken. »'tschuldigung«, sagte sie zu mir, »aber deine Mutter is heut' mal anjetütert.«

Oma Otti war noch bei ihrem ersten Eierlikör und bestellte für mich einen Vanilleeisbecher mit Sauerkirschen und Sahne, was mein, vor allem aber ihr Lieblingseisbecher war. In ihrem Gespräch, das sie bei meinem Auftauchen nur kurz unterbrachen, ging es gerade um meinen Vater, der am Tag der Republik die Aufgabe gehabt hatte, die Ehrenparade der Nationalen Volksarmee zu überwachen. Mögliche Provokationen, wie es hieß, im Vorfeld, spätestens in der Anbahnungsphase zu unterbinden. Vorm Eiscafé Striegel hatte er gestanden und außer dem Lärm der Armeefahrzeuge auch noch deren Abgase ertragen müssen.

»Vielleicht braucht er das«, sagte meine Mutter mit kaum verhohlenem Groll. »Vielleicht kriegt er 'nen Abgang davon.«

Abgang hieß, soviel wusste ich bereits, Samenerguss. Das hatte mir mal Jimmy Glitschie gesteckt. Aber ich hatte noch nie einen gesehen, geschweige denn erlebt, und musste an Regenguss denken, mit Blitz und Donner. Oma Otti kicherte, um dann mit gespielter Empörung zu sagen: »Aber Renate, wie red'st du denn über dein' Mann? Das hab ick dir aber nich beijebracht.«

Meine Mutter stimmte in das Kichern ein. So war das oft. Aber diese Stimmung konnte bei ihr ganz schnell umschlagen: Warum hatte sie denn ausgerechnet an einen Klaus-Dieter Jürgens geraten müssen? So fragte sie manches Mal meine Großmutter, die sich daraufhin auf die immer gleichen Vorwürfe gefasst machen konnte.

Der junge Polizist Klaus-Dieter Jürgens hatte geduldig und unverblümt um die Näherin Renate Hintze geworben. Schließlich verging kein Tag, an dem er sie nicht auf der Straße angesprochen hätte. Ob es ihr gut ginge, ob er ihr irgendwie helfen könne, ob er sie mal zu einem Kaffee einladen dürfe. Jedes Mal, wenn er sie ansprach, wurde er puterrot im Gesicht, aber war dabei von einer derartigen Entschlossenheit, dass Renate Hintze bald Ja zum gemeinsamen Kaffee sagte. »Siehste, damit hatte er 'nen Fuß drin in der Tür«, hatte meine Großmutter einmal gesagt, woraufhin meine Mutter sogleich in Wallung geriet und lospolterte: »Ja, wenn du ihn rein schiebst inne Tür, dann hat er auch 'n Fuß drin.« – »Na, nu mach mal 'nen Punkt«, empörte sich daraufhin Oma Otti. »Den haste dir schon selber rein jeschoben.«

Der Punkt war, dass meine Großmutter ihr zugeraten hatte: Ein Polizist, das steht für Hilfsbereitschaft, für Verantwortungsbewusstsein, für Sicherheit. Das alles hatte meine Mutter sehr nötig, denn ihre große Jugendliebe, Martin Wolter, der schöne Martin, wie Oma Otti ihn nannte, hatte nicht gearbeitet, stattdessen geklaut und gesoffen und war wegen asozialen Lebenswandels in den Knast gekommen. »Dahin«, sagte Oma Otti, »wo er ooch hinjehörte.«

»Und dann«, sagte meine Mutter, wenn sie schon beim Jammern war, »dann kam ja auch gleich der Holger.«

Der Holger. Damit war also auch ich, der Holger, schuld daran, dass sie mit meinem Vater zusammenblieb. Ich war, wie mir meine Großmutter mal verraten hatte, mit dem ersten Schuss – Schuss, hatte sie kichernd gesagt – entstanden. So konnte ich auch den gelegentlichen Ausspruch meiner Mutter verstehen: »Mit 'm Holger hat er quasi sein Pulver verschossen.«

Mein Vater hatte von der Polizei eine Drei-Raum-Wohnung in Aussicht gestellt bekommen, Voraussetzung war nur, dass geheiratet wurde. So heirateten meine Eltern, noch bevor ich geboren worden war.

Da mein Vater sein Pulver verschossen hatte, ging meine Mutter manchmal ins Café NORD oder zu RENI und kam erst gegen fünf Uhr früh nach Hause. Sie wusch sich dann am Waschbecken in der Küche den ganzen Körper, steckte sich die Haare ordentlich zum Dutt und bereitete ein liebevolles Frühstück mit Zwiebelquark und Rühreiern zu. Mein Vater stand wie immer um halb sieben auf, wusch und kämmte sich, putzte sich die Zähne, zog seine Uniform an, setzte sich an den Küchentisch und lobte meine Mutter für das schöne Frühstück. Er tat so, als wäre ihm überhaupt nicht aufgefallen, dass sie die Nacht über weg gewesen war.

Ich hatte Angst, dass es mir später einmal mit dem Pulver so gehen könnte wie meinem Vater oder dass da unten grundsätzlich nichts steif werden würde. Aber ich wusste immerhin, dass ich in diesem Fall Hirschhornsalz essen musste, mindestens drei Tütchen. Das hatte mir Rita offenbart, eines Sommerabends auf dem Boxhagener Platz, und überhaupt hatte sie mich, ebenso wie die anderen Jungs, aufgeklärt. »Man muss nich nur einen hochkriegen, man muss sich auch Zeit nehmen für die Jeliebte«, hatte sie gesagt. »Frauen kommen zwar nich so schnell wie Männer in Fahrt, dafür aber heftig, wenn sie wollen. Außerdem«, so Ritas weiterführende Erläuterung, »darf man danach nich gleich abrollen. Im Jegenteil: Danach is immer auch davor, und doppelt hält sowieso besser. Aber«, betonte sie abschließend und mit einer Stimme, die für ihre Verhältnisse sehr weich war, »die Menge is nich entscheidend, entscheidend is det Feeling für'nander.«

Feeling. Woher hatte sie nur dieses Wort? Feeling, las ich im Englisch-Deutsch-Wörterbuch, hieß Gefühl. Aber es bedeutete irgendwie mehr, es ging, sozusagen, tiefer. Schon der Klang: Fieling. Immer wenn Rita Feeling sagte, beneidete ich Jochen um sie, und ich glaubte verstehen zu können, dass das Schielen einer Frau nicht hässlich sein muss.

Ich hatte inzwischen meinen Eisbecher bekommen und beeilte mich, ihn auszulöffeln, bevor meine Groß-mutter auf die Idee kommen konnte, mir etwas wegzuessen. Aber meine Sorge war unbegründet: Sie war mit ih-ren Gedanken woanders. Unvermittelt fragte sie: »Sag mal, Renate, kennste eijentlich det Jedicht ›Das scheinto-te Kind‹?«

»Nee«, antwortete meine Mutter höchst erstaunt.

Ohne weitere Vorbereitung oder Erläuterung begann Oma Otti zu rezitieren:

>*»Stürmisch ist die Nacht*
>*Kind im Grab erwacht*
>*Seine schwache Kraft*
>*es zusammenrafft …«*

Sie sagte das ganze Gedicht ohne einen einzigen Fehler auf, und am Ende standen ihr Tränen in den Augen.

»Is det nich 'n wunderschönet Jedicht?«, schwärmte sie mit brüchiger Stimme und soviel Begeisterung, dass sich wohl niemand getraut hätte, ihr zu widersprechen.

»Ja«, sagte meine Mutter. Ihre Verwunderung war aber nicht im geringsten gewichen.

Oma Otti sagte, und sie sagte es wie eine Verkündung: »Ick hab et von einem Mann.«

»Ach so«, meinte meine Mutter, als wären ihr auf ein-mal die Zusammenhänge völlig klar geworden. Aber natürlich war ihr nichts klar. Sie bestellte das nächste

Gläschen Eierlikör, und weil bis dahin keine weitere Erklärung kam, fragte sie: »Ja, und was soll das, was heißt das?«

»Wie soll ick sagen«, druckste Oma Otti herum. »Also, wie soll ick det ausdrücken. Ick würde mal so sagen: Ick gloobe, ick bin verliebt.«

Diese Neuigkeit war keine Überraschung für mich. Ich hatte die beiden ja miteinander beobachten können. Doch hätte ich gewettet, dass meine Mutter nun mindestens drei Minuten mit offenem Mund dasitzen oder in helles Lachen ausbrechen würde. Nichts von dem. Sie fragte nur einfach: »Und Rudi?«

»Rudi liegt immer noch im Bette.« Ich hatte den Eindruck, Oma Otti sagte damit eigentlich: Am besten, er kommt gar nicht mehr raus aus dem Bett.

»Wer is denn der Glückliche?«, wollte meine Mutter wissen. Ein schelmisches Grinsen ging über ihr Gesicht.

»Ick hätte nie jedacht, dass ausjerechnet der mein Herz erobert. Ick fühl mich 'n bisschen wie damals bei Hans-Joseph, verstehste?«

Wie sollte meine Mutter das verstehen? Hans-Joseph war der dritte Ehemann meiner Großmutter gewesen, meine Mutter war ja erst unter Mitwirkung des vierten auf die Welt gekommen. Hans-Joseph, der Rheinländer mit den schönen welligen Haaren, der erst Opfer seiner Wettleidenschaft, dann seiner Magengeschwüre geworden war. Hans-Joseph, die unglückliche Liebe meiner Großmutter.

»Hoffentlich beklaut er dir nich wie Hans-Joseph«, bemerkte meine Mutter etwas spitz.

Oma Otti schien es gar nicht zu hören. Vielleicht war

sie in Gedanken bei dem schönen Rheinländer. Ganz versonnen sagte sie: »Karl Wegner, so heeßt er.«

»Ach der mit dem großen Kopp und der Säufernase.«

»Er trinkt nich mehr!« Oma Otti sagte es in einer Art, die keinen Widerspruch duldete.

»Weeßte wat«, sagte meine Mutter, und plötzlich sah ich Tränen in ihren Augen, »wie immer es ausgehen wird. Ick beneide dich.«

13

So oft ich in den nächsten Tagen durch die faustgroßen Gardinenlöcher in den FEUERMELDER schaute, Karl Wegner konnte ich dort nicht mehr entdecken. Er schien tatsächlich nicht mehr zu trinken. Vermutlich hatte er sein letztes Bier anlässlich Fisch-Winklers Bestattungs- feier getrunken. An diesem Abschiedstag hatte er, der Achtzigjährige, sich wie siebzig gefühlt. Seither musste die Verliebtheit, die er für meine Großmutter empfand, ihn noch weiter verjüngt haben. Nicht dass seine Falten weniger geworden wären oder gar die Nasenporen klei- ner, vielmehr sein Verhalten mir gegenüber deutete dar- auf hin. Wie hatte er gesagt, als er mich auf dem Friedhof erwischt hatte? Hab ick früher auch gemacht: Hinter an- dern Leuten her schleichen … Nun schlich er hinter mir her.

So jedenfalls kam es mir vor, als ich am 24. November von der Schule aus die Scharnweber Straße hinunterging, und er an der Ecke zur Mainzer plötzlich neben mir war.

»Na, habt ihr im Unterricht wieder über Walter Ul- bricht gesprochen?«

Wie kam er denn auf den? Natürlich sprachen wir über den Genossen Walter Ulbricht, wie er von den Lehrern genannt wurde. Der Genosse Walter Ulbricht, der als Staatsratsvorsitzender alle Fäden in der Hand und den Überblick behalten musste. Der unermüdlich zum Wohl des Volkes tätig war. Eigentlich verging keine Politinformation – die jeweils erste Stunde eines jeden Montags –, in der Frau Heinrich den Genossen Walter Ulbricht nicht mindestens ein Mal erwähnte. Wollte Karl Wegner über Walter Ulbricht irgendwie auf meine Großmutter kommen, die mich angelogen hatte, um Rudi zu decken? Was wollte er mir sagen?

»Wie kommen Sie denn auf den Zickenbart?«, fragte ich.

Karl lachte. »Den Namen haste wohl von deiner Oma, was?«

Na also, da war er schon bei ihr. Seine Augen strahlten. »Der nuschelnde Sachse mit seiner Piepsstimme, sagt sie auch manchmal.«

»Oder«, ergänzte ich, »der hässliche Vogel mit seinem Hut auf der Glatze.«

Karl lachte wieder. »Haste ihn eigentlich gesehen, wie er am Tag der Republik auf der Ehrentribüne stand, den Kopp kerzengrade, als würde der Hut bei der kleinsten Bewegung runterfallen? Das darf ja nich passieren, dass der runterfällt, der Hut, das kann ja 'ne Konterrevolution auslösen, verstehste? Da muss man wachsam sein, wenn man den Panzern zuwinkt, die an einem vorbeidröhnen.«

Karl war richtig in Fahrt gekommen. Vermutlich waren alle möglichen Gefühle bei ihm intensiver, seitdem er in meine Großmutter verliebt war. Nun aber ging ein schadenfrohes Grinsen über sein Gesicht. »Wusstest du eigentlich, dass der nuschelnde Sachse mal zusammen mit Joseph Goebbels auf 'ner Tribüne stand? Jaja, mein Junge, die waren mal Verbündete.«

Nein, das wusste ich nicht. Joseph Goebbels, der Reichspropagandaminister. Einer der obersten Nazis. Wir gingen, nunmehr recht gemächlich, die Mainzer Straße hinunter, und ich hatte soeben eine Sensation erfahren. Oder war es eine Sensation, die Karl sich ausgedacht hatte? Wie um mir den Wind aus den Segeln zu nehmen, sagte er: »Neenee, mein Junge, 'ne Lüge is das nich. Die Nazis und die Kommunisten, die waren damals Verbündete. Gegen die Sozialdemokraten. Der Feind meines Feindes is mein Freund, kennste nich das Sprichwort? Dann, als dreiunddreißig nich die Kommunisten, sondern die Nazis an die Macht kamen, flüchtete der Zickenbart nach Russland zu Stalin. Und dem half er dann, die wahren, die echten, die ehrlichen Kommunisten umzubringen.«

Das war ja allerhand. Das hatte ich natürlich weder in der Politinformation noch im Geschichtsunterricht erfahren. Mein Geheimwissen erhielt brisanten politischen Zuwachs. Doch konnte ich diesem Mann glauben, der eventuell der Helfershelfer eines Mörders war?

»Die wahren Kommunisten«, fuhr Karl fort, »die kleben nich an ihrer Macht, an ihren Posten. Die stehen nich auf irgendwelchen Ehrentribünen. Das sind feurige Visionäre. Die gehen auf die Straße, die stürmen die Universitäten, verstehste? Ick hab sie gesehen, als ick jetzt aus Bayern zurückkam, auf 'm Ku'damm hab ick sie gesehen, wie sie demonstrieren, gegen den Muff von tausend Jahren unter den Talaren, verstehste, gegen den Schah von Persien, gegen die Nazis in der Justiz. Die

Freunde und Kampfgefährten vom Rudi Dutschke hab ick gesehen, der kommt doch von uns, der Rudi Dutschke, aus Luckenwalde kommt der. Jetzt geht's ihm schon langsam wieder besser nach dem feigen Attentat. Bald wird er wieder dabei sein … Sogar mein Neffe, was der Sohn meiner Schwester is, geht auf die Straße in Freising, wo ick war, aber die Stadt wirste nich kennen.«

Woher sollte ich diese Stadt kennen? Ich hatte noch nie von ihr gehört. Ich wusste auch nichts von Talaren, und vom Schah von Persien wusste ich schon gar nichts. Allenfalls von den Nazis im westdeutschen Justizapparat hatte ich gehört. »Die Nazirichter«, hatte mein Vater gesagt, »sind übergangslos vom Faschismus in den westdeutschen Imperialismus übernommen worden.« Und Rudi Dutschke, den kannte ich aus dem Westfernsehen, das ich mit meiner Mutter sah, wenn mein Vater nicht zu Hause war. Rudi Dutschke, soviel wusste ich, war der Anführer der Studenten in Westberlin. Er kämpfte auch für die Arbeiter, aber ausgerechnet ein Arbeiter hatte ihm in den Kopf geschossen. Andere Studenten hatten längere Haare als Rudi Dutschke, Oma Otti jedoch äußerte sich trotzdem abfällig über ihn: »So 'n Beatle. Oder hat der keen Jeld für 'n Frisör?«

Was diesen Studentenführer betraf, konnten die Meinungen von Karl und meiner Großmutter, frisch verliebt oder nicht, sicherlich kaum gegensätzlicher sein. Da musste die gemeinsame Begeisterung für »Das scheintote Kind« wirklich so stark sein, dass sie alles andere in den Schatten stellte.

»Aber nich nur drüben«, fuhr Karl erneut fort, »gibt's die aufrechten Kommunisten. Die gibt's auch bei uns.

Im Verborgenen arbeiten die, aber wirkungsvoll, verstehste?«

Ich verstand nicht, aber ich war gespannt.

»Und Fisch-Winkler, der war doch nichts anderes als ein oller knickriger Nazi, verstehste?«

Ich fing gerade erst an zu verstehen: Wenn Fisch-Winkler ein Nazi war – nicht unwahrscheinlich –, dann musste Rudi entweder ein Kommunist sein – sehr unwahrscheinlich –, oder aber nicht er, sondern diese wahren Kommunisten hatten zugeschlagen. In jedem Fall bedeuteten die neuen Informationen: Rudi war vielleicht doch nicht der Täter. Aber – woher hatte Karl Wegner sein Wissen über die wahren, verborgenen Kommunisten und über Goebbels und Ulbricht gemeinsam auf einer Tribüne? Somit die letzte Möglichkeit: Karl Wegner war einfach ein Spinner.

Ich konnte es kaum erwarten, dass das Wochenende vorbeiging, um bei der nächsten Politinformation mehr Licht ins Dunkel zu bringen. Ich meldete mich auf Frau Heinrichs allwöchentliche Eröffnungsfrage, was es denn Neues in der vergangenen Woche gegeben habe, mit der Gegenfrage, ob es denn der Wahrheit entspräche, dass der Genosse Walter Ulbricht mit Joseph Goebbels vor dem Beginn der schrecklichen Naziherrschaft – schreckliche Naziherrschaft war auch so ein Leitwort der Lehrer – auf einer Tribüne gestanden hätte.

»Was soll denn das?«, entrüstete sich Frau Heinrich nach einigen Momenten ratloser Verblüffung. Dann fügte sie drohend hinzu: »Wenn dein Vater wüsste, was du für Fragen stellst.«

Ich wusste nunmehr immer noch nicht, ob Karl Wegner mit seiner Behauptung Recht hatte. Zumindest konnte dieses Thema eine Lehrerin wie Frau Heinrich ziemlich aus dem Konzept bringen. Und das sprach wohl eher dafür, dass der Liebhaber meiner Großmutter doch kein Spinner war.

»So«, sagte Frau Heinrich, »nun wollen wir uns mal wieder auf den Boden der Tatsachen begeben.« Dann begann sie, ohne, wie sonst üblich, Fragen zu stellen, über die politischen Ereignisse der vergangenen Woche zu reden.

Das hielt meinen Banknachbarn Ecki Manzke aber nicht davon ab, mich flüsternd zu fragen, um was es denn Ulbricht und Goebbels gegangen sei.

Bedeutungsvoll flüsterte ich zurück: »Es ging um die Sozialdemokraten, den gemeinsamen Feind.«

»Sozialdemokraten, is 'n das?«, fragte Ecki.

Da ich es auch nicht wusste, hüllte ich mich in geheimnisvolles Schweigen, während Marita Fuchs, die hinter uns saß und deren Vater im Glühlampenwerk an der Warschauer Straße Parteisekretär war, in ihrem üblichen Besserwisserton erklärte: »Die gibt's nur noch im Westen. Bei uns ist ja die Geschichte schon weiter. Da gibt's die nicht mehr.«

»Bist du dir da so sicher?«, entgegnete ich und gab mich sehr überlegen. Marita Fuchs bemühte sich, ebenso überlegen zu wirken. Ihr Lächeln war aber eher gequält.

Nach dieser Politinformation stieg mein Renommee in der Klasse beträchtlich: Nicht nur dass mein Vater, eigentlich ein kleiner ABV, in den Augen meiner Mitschüler mit dem außerordentlichen Fall Fisch-Winkler zu tun hatte, ich wusste auch um sogenannte historische Begebenheiten – wieder so ein Begriff der Lehrer –, über die man öffentlich besser nicht redete. Hinter vorgehaltener Hand ließ ich Ecki Manzke oder Burkhard Stolle oder auch Annegret Peters und Lilo Müller wissen, dass es die wahren Kommunisten, die im Westen auf die Straße gingen und die Universitäten stürmten, auch bei uns gab, allerdings im Verborgenen.

»Kennst du denn einen?«, fragte mich Annegret Peters.

Ich dachte an Karl Wegner. Natürlich konnte ich ihn nicht preisgeben. Ich sagte zu Annegret: »Würdest du, wenn du einen kennen würdest, ihn verraten?«

»Nein«, sagte sie beeindruckt. »Natürlich nicht.«

14

Rudi war immer noch nicht ansprechbar. Aber meiner neuesten Überlegung nach kam ja auch Karl als Täter in Frage. In seiner Eigenschaft als verborgener Kommunist. Vielleicht hatte er einen Pakt geschlossen mit dem Sohn seiner Schwester im bayrischen Freising. Wahre Kommunisten unter sich. Doch ehrlich gesagt traute ich mich nicht, ihn mit meinem Verdacht zu konfrontieren. Karl war eben nicht Rudi, Karl war ein anderes Kaliber.

Stattdessen beobachtete ich ihn. Wie er sich am Mittwochmorgen mit meiner Großmutter auf dem Markt am Boxhagener Platz traf. Wie er ihr bei der Auswahl der Weiß- und Rotkohlköpfe half und die Einkaufstasche trug. Wie sie in der verhältnismäßig gediegenen MARKTKLAUSE – und nicht im FEUERMELDER mit den Suffköppen – einen Kaffee tranken. Wie er sie nach Hause begleitete, ohne ihre Wohnung zu betreten, wo Rudi seine Anwesenheit hätte mitbekommen können. Dann wiederum traf er sie auf dem Friedhof. Sie schlenderten an den Gräbern entlang, tauschten sich über die verschiedenen Grabsteine aus, über die Bepflanzungen – Karl hatte sich in dieser Hinsicht erheblich weitergebildet – und staunten über die vielen jungen Menschen unter den Toten. »Wat für viele junge Leute unter den Toten«, sagte Oma Otti, und Karl sagte weise: »Alte Menschen müssen sterben, junge Menschen können sterben.« Und Oma Otti abschließend: »Ja, so isset wohl.«

Mit höchster Vorsicht schlich ich hinter den beiden her und war mir dennoch nicht sicher, ob Karl mich nicht wahrnahm. Plötzlich stockte mir der Atem: Ich sah, wie er seinen Arm um die Schulter meiner Großmutter legte und sie auf den Mund küsste. Er nahm mindestens eine Minute lang seine Lippen nicht von ihren, und sie schien nicht nur nichts dagegen zu haben, sie schien es durchaus zu genießen. Danach schlenderten sie Arm in Arm weiter.

Doch bei aller Liebelei, die Mittagsmahlzeiten bei meiner Großmutter blieben ein heiliges Ritual. Opa Rudi in seinem Bett brabbelte, wenn überhaupt, nur noch unverständlich vor sich hin. Oma Otti redete nicht mehr mit ihm, nicht mal über ihn. Er war noch da, aber irgendwie war er auch nicht mehr da.

Am 30. November öffnete mir meine Großmutter, kaum dass ich geklingelt hatte. Sie musste mich schon vom Fenster aus gesehen haben und sogleich zur Tür gelaufen sein. Sie trug Lockenwickler und sagte: »Komm schnell. Die Kohlrouladen sind noch warm.«

Ich konnte mich nicht erinnern, sie jemals mit Lockenwicklern gesehen zu haben. Ansonsten war es eigentlich wie immer: Sie trug ihre weißblaue Kittelschürze aus Dederon, wischte die Wachstuchdecke ab, die mit Heftpflaster auf dem Küchentisch befestigt war, und stellte mir eine Portion Kohlrouladen mit Kartoffeln und Soße hin.

Ich wickelte den Bindfaden von der Kohlroulade, der, wenn man aus Versehen auch nur einen kleinen Teil von ihm mitaß, eine tödliche Darmverschlingung verursachen konnte, wie mir meine Großmutter mal gesagt hatte.

»Wieso«, fragte ich möglichst unverfänglich, »hast 'n eigentlich Lockenwickler auf 'm Kopf?«

»Iss mal, mein Junge, iss mal«, sagte sie ebenso unverfänglich. Dann aber kullerten plötzlich ein paar Tränen über ihr kleines rundes Gesicht. Sie atmete tief durch, um die Tränen zu stoppen und sagte: »Es is wegen Rudi.«

»Ach so«, sagte ich, als würde ich mich überhaupt nicht wundern. »Da wird er aber staunen.«

Oma Otti nickte vor sich hin, als wollte sie auf diese Weise meiner Bemerkung beipflichten. Plötzlich hielt sie inne und sagte: »Komm mit. Aber erschrick mir bloß nich.«

Ich folgte ihr ins Schlafzimmer, und da lag er, Rudi, der sechste Mann meiner Großmutter, im Ehebett, zugedeckt bis zum Hals, die Augen geschlossen, den Mund ein wenig geöffnet. Ich begriff irgendwie und recht schnell, dass er nicht nur reglos wirkte, sondern es auch war, und stellte eine der blödesten Fragen meines Lebens. Ich fragte: »Was hat er denn?«

Oma Otti reagierte überhaupt nicht verwundert oder gar verärgert. »Er hat nischt«, sagte sie. »Er is … jestorben is er.«

Sehr leise hatte sie gesprochen, wie um Rudi nicht zu stören. Jetzt ging sie zum Fenster und zog die Vorhänge zurück, sodass das Zimmer plötzlich sehr hell war.

Mein Stiefgroßvater sah außerordentlich blass aus – Leichenblässe, dachte ich, das ist also Leichenblässe –, und die Wangen waren schon eingefallen. Nur die kleine rotgeäderte Nase, die Säufernase, wie meine Großmutter oft und abschätzig gesagt hatte, schien unverändert und noch ganz zum Leben zu gehören.

»Seit wann … seit wann ist er denn …?« Ich wagte nicht weiter zu sprechen, aber Oma Otti hatte längst verstanden, und überhaupt schien sie froh, endlich davon erzählen zu können.

»Also«, sagte sie, »in der Nacht, da röchelt er wieder so, wie in 'n janzen letzten Tagen, also nischt Besonderet. Aber uff eenmal, ick denk, ick hör nich richtig, da fängt er an zu schnarchen. Als wär er wieder janz jesund, so schnarcht er. Wie in seinen besten Zeiten, lauter, immer lauter. Ick denk: Na also, is er wieder jesund. Muss ick ihm von Karl erzählen, also dass ick nun mit Karl zusammen bin. Bis jetzt sind mir ja die Männer immer wegjestorben, denk ick so, nun soll et mal anders sein. Ick denk schon an Scheidung oder sowat, und er schnarcht und schnarcht, wie 'n Walross schnarcht er. Da hab ick ihm, also da hab ick ihm mit 'm Ellenbogen in die Rippen jestoßen. Da war er leise, und ick konnt endlich einschlafen.«

Hatte meine Großmutter ihren sechsten Ehemann getötet? Sie erahnte wohl meine Gedanken, denn prompt wandte sie ein: »Ick hab 'n aber nich doll jestoßen, keen bisschen.«

Dennoch starrte ich auf den Ellenbogen, das mögliche Tatwerkzeug, während ich ihr zurück in die Küche folgte.

»So, nu iss mal endlich«, sagte sie.

Der Appetit war mir gründlich vergangen, und so sah ich wohl auch aus. Oma Otti jedenfalls schüttelte bei meinem Anblick den Kopf und sagte: »Weeßte wat, ick mach's dir später nochmal warm. Hast ja eben erst deine erste Leiche jesehen, wa? Mein Jott, wo bin ick bloß mit meinen Gedanken? Dabei muss ick grade jetzt 'nen klaren Verstand behalten, verstehste?«

Wozu, fragte ich mich, wenn sie Rudi nicht umgebracht hat? Sie sagte: »Du bist der einzige, mein Junge, der Bescheid weeß. Nich mal Karl weeß Bescheid. Du musst mir versprechen, keinem was zu verraten. Ooch deiner Mutter nich. Du weeßt doch, wie verschwatzt sie is, nich wahr.«

Sie wartete keinen Kommentar von mir ab – ich wusste auch gar nicht, was ich hätte sagen sollen –, sondern meinte nur: »Morgen is der 1. Dezember, stimmt's?«

Sie sah mich erwartungsvoll an, als hinge von meiner Antwort das Datum des morgigen Tages ab. »Ja«, sagte ich.

»Morgen«, fuhr sie fort, »kann ick die Rente von Rudi abholen. Aber die kann ick nur abholen, wenn er noch lebt. Wenn sie 'n noch nich totjeschrieben haben, verstehste?«

Mir dämmerte, was Oma Otti vorhatte. Sie sagte: »'s ja schön kühl im Schlafzimmer, nich wahr. Da hält er sich, verstehste?«

Das Vorhaben meiner Großmutter erschien mir sehr verwegen, aber andererseits auch nahe liegend. Ihr praktisches Wesen. Ich war der einzige Eingeweihte, nicht mal Karl sollte Bescheid wissen. Ich kann es nicht anders sagen: Ich war stolz. Gleichwohl muss ich zugeben, dass ich enttäuscht war, meinen Hauptverdächtigen ohne Geständnis verloren zu haben.

Oma Otti deutete auf die Lockenwickler in ihren Haaren und erklärte: »Bei den Behördenjängen, die mir nu bevorstehen, da kann man ja mal wieder wat aus sich machen, verstehste?«

15

Am nächsten Tag zur Mittagszeit glaubte ich meinen Augen nicht zu trauen, als mir meine Großmutter die Tür öffnete: Ihre bislang strähnig herunterhängenden Haare waren wellig zurückgekämmt und hatten exakt die Form der Frisur von Friederike Kempner. Nun sah Oma Otti der drallen, pausbäckigen Gedichteschreiberin mit den kleinen verschmitzten Augen zum Verwechseln ähnlich.

»Jut, dass du endlich kommst«, sagte sie schwungvoll. Am Vormittag hatte sie bereits mit Rudis Personalausweis und der Dauervollmacht die Rente von vierhundertzwanzig Mark abgeholt, nun wollte sie sich zu Dr. Klemm aufmachen. »Pass uff Rudi uff, solange ick weg bin. Mittag steht uff 'm Herd.«

Allein mit dem Leichnam meines Stiefgroßvaters wagte ich es nicht, das Schlafzimmer zu betreten. Warum, fragte ich mich, soll ich auf ihn aufpassen? Vielleicht, dachte ich, ist er nur scheintot. Vielleicht steht er plötzlich auf und rennt davon. Ich war mir sicher, dass ich mich ihm nicht in den Weg stellen würde. Die Erbsensuppe auf dem Herd rührte ich nicht an. Mir lag die Kohlroulade, die ich gestern auf Drängen meiner Großmutter verzehrt hatte – »Und wenn er drei Mal tot is, jetzt musst du aber endlich wat essen!« –, noch immer schwer im Magen.

Ich betrachtete das Hochzeitsfoto im schlichten Holzrahmen, das im Wohnzimmer über dem Kanapee hing. Sie hatten im November 1958 geheiratet. Es war, wie ich von meiner Großmutter wusste, schon winterlich kalt gewesen, und das Atelier, in dem das Foto gemacht wurde, war unbeheizt. Vielleicht guckten sie deshalb so angestrengt und irgendwie auch lustlos, wie mir schien. Ich wusste nicht, an welchem Tag im November sie geheiratet hatten. Ihren Hochzeitstag jedenfalls hatten sie nie begangen. Oma Otti, von der es hieß, dass sie ihre Ehemänner ins Grab schickt, hatte diesmal vielleicht im wahrsten Sinne des Wortes ernst gemacht mit ihrem Ruf. Andererseits: Hätte sie nicht noch einen Tag mit dem Mord gewartet, wenn sie ihn tatsächlich vorgehabt hätte? Meine Güte, nun fing ich schon an, meine eigene Großmutter zu verdächtigen.

Kaum war sie wieder da, ging sie schnurstracks ins Schlafzimmer. Dr. Klemm folgte ihr mit ernstem, entschlossenem Blick. Mit seinem kleinen abgewetzten Lederkoffer hätte er der Doc in jedem Western sein können, und wie der Doc im Western Stammkunde im Saloon war, saß auch Dr. Klemm so manchen Abend im FEUERMELDER. Mit vierundsiebzig Jahren war es wohl nicht so außergewöhnlich, dass seine Hände etwas zitterten, doch wer als Patient in seine Praxis ging und nicht nur aus Arbeitsunlust krankgeschrieben werden wollte, fand das sicherlich wenig Vertrauen erweckend.

Da meine Neugierde größer war als Angst und Ekel vor der Leiche, ging ich nun ebenfalls ins Schlafzimmer.

»Na, mein Junge«, begrüßte mich Dr. Klemm. Er reichte mir seine Hand und sagte in feierlichem Ton: »Weißte, irgendwann is jeder von uns dran. Da hilft keine Medizin.«

»Ja«, sagte ich, während Dr. Klemm, der offenbar keine andere Antwort erwartet hatte, sich wieder meinem toten Stiefgroßvater zuwandte.

»Wann is er denn gestorben?«

»Heut am frühen Morgen«, antwortete Oma Otti in unverfänglichem Ton, als handelte es sich um das Naheliegendste überhaupt.

»Hmmmmmm.« Dr. Klemm zog dieses Wörtchen sehr in die Länge. Wollte er sich nur wichtig tun oder hegte er einen Verdacht? Er schob seinen Kopf ein Stück vor, um die Leiche konzentrierter betrachten zu können. Oma Otti und ich hielten den Atem an. Plötzlich aber nickte er kräftig und entschied: »Alles in Ordnung. Herzversagen.«

Dr. Klemm füllte den Totenschein aus. »Hat ja auch gesoffen wie 'n Weltmeister. Hab sowieso gestaunt, dass er solange durchgehalten hat. Der Karl dagegen, der lässt sich überhaupt nicht mehr im Feuermelder blicken. Der will wahrscheinlich hundert werden. Na ja, jetzt hat er ja auch 'nen Grund.«

Er lächelte meine Großmutter an. Sie lächelte zurück, dankbar und geschmeichelt, wie mir schien, und fragte: »Darf ick Ihnen noch 'n Kaffe anbieten?«

»Danke, danke«, beeilte sich Dr. Klemm zu sagen. »Ihr Gatte is nich der Einzige, der 'ne Bescheinigung braucht.«

Wieder sein Lächeln, das nun in ein Grinsen überging. War es verschwörerisch oder einfach nur die Unterstreichung seiner scherzhaften Bemerkung? So oberflächlich jedenfalls wie diese Leichenschau abgelaufen war, hielt ich es nach wie vor für nicht gänzlich unmöglich, dass Rudi nur scheintot war.

Eine halbe Stunde nachdem sich Dr. Klemm verabschiedet hatte, kamen die Leichenträger und trugen Opa Rudi, tot oder nicht, auf einer Bahre fort. Meine Großmutter hatte mir inzwischen die Erbsensuppe warm gemacht, aber diesmal bestand ich darauf, sie nicht zu essen. Ich war davon überzeugt, die Leichenausdünstungen zu riechen. Ich hatte das Gefühl, sie hätten sich bereits in meiner Nase eingenistet. Ich sagte es nicht. Vielleicht war es ja auch nur Einbildung. Oma Otti sagte, im Ton einer unumstößlichen Tatsache: »Dann bleibste eben dünn wie 'n Strich in der Landschaft.«

Sie zog das Ehebett ab und nahm das Hochzeitsfoto von der Wand. Dort, wo das Foto gehangen hatte, war jetzt ein heller rechteckiger Fleck. Meine Großmutter betrachtete abwechselnd das Foto und den hellen Fleck, und plötzlich löste sich ihre Anspannung, und sie begann zu weinen. Sie schluchzte so heftig, wie ich es bei ihr noch nicht erlebt hatte. »Ick hab 'n nich jeliebt«, sagte sie, als sie sich wieder beruhigt hatte. »Aber wenn eener tot is, kommt er nich wieder zurück. Is det nich traurig?«

Am nächsten Tag waren wir zu dritt beim Mittagessen. »Erbsen halten sich 'ne janze Woche lang«, sagte Oma Otti frohgemut und tat Karl eine große Portion auf.

»Mein Lieblingsessen«, schwärmte Karl, und so eifrig wie er aß, konnte man ihm unbedingt Glauben schenken. Sein Appetit war derart ansteckend, dass ich den

Leichengeruch in meiner Nase vergaß und zur Verblüffung meiner Großmutter mit ihm um die Wette löffelte. Sie sah uns wortlos zu, und ihr Lächeln wurde so weich und zärtlich, wie ich es in Rudis Anwesenheit nie bei ihr gesehen hatte.

Karl gewann das Wettessen und berichtete wie zur Begründung seines Sieges, dass er schon als Kind fast täglich Erbsen-, Graupen- oder Kohlrübensuppe zu essen bekommen hatte. »Das war das Essen der armen Leute, der Proletarier«, sagte er stolz.

Mein Gott, dachte ich, seine Kindheit ist noch im neunzehnten Jahrhundert gewesen. Vom neunzehnten Jahrhundert wusste ich eigentlich nicht mehr, als dass die ersten Olympischen Spiele der Neuzeit, wie es hieß, 1896 stattgefunden hatten.

»Mein Vater«, sagte Karl, »war noch im deutsch-französischen Krieg 1871 gewesen. Da begann er, die Herrschenden zu hassen, die ihn in diesen Krieg geschickt hatten. Verstehste? Trotzdem hatte er mich immer losgeschickt, Schnaps holen. Ollen billigen Fusel. Einmal trank ick einen Schluck aus der Literflasche, 'nen winzigen Schluck, und füllte dafür 'n bisschen Wasser nach. Mein Vater setzte die Flasche an, wollte einen seiner riesigen Schlucke nehmen und – spuckte angewidert aus. Du Halunke, schrie er mich an, säufst mir den Schnaps weg. Und hat mich nach Strich und Faden verprügelt … Später war er stolz auf mich, als ick mit dem Spartakusbund durch die Straßen zog und gegen die Regierungstruppen kämpfte, 1918. Oder als wir 1920 den reaktionären Kapp-Putsch niederschlugen. Da war kein Ulbricht dabei, als wir die Reaktionäre wegjagten …«

»Du immer mit deine Politik«, unterbrach ihn Oma Otti. »Machst 'n Jungen noch janz verrückt.«

Sie sagte es mit einem bewundernden Unterton. Besonders bei der Erwähnung des Spartakusbundes hatten ihre Augen geleuchtet. Obwohl sie, wie sie bei jeder Gelegenheit betonte, unpolitisch war, hatte mir meine Großmutter immer wieder die Einschüsse an den Häuserfassaden gezeigt, die noch aus den Kämpfen des Spartakusbundes stammten. »Det war'n richtige Männer«, hatte sie manches Mal gesagt und ebenso schwärmerisch erzählt, wie schnell sich die unbeteiligten Passanten in die Hausflure flüchten mussten, »wenn so 'n Straßenkampf plötzlich um de Ecke jebogen kam«.

Karl hatte also zu diesen richtigen Männern gehört. Vielleicht war Oma Otti an einem Tag im Jahr 1918 vor ihm in einen Hausflur geflüchtet. Vielleicht kam in ihr langsam die Erinnerung an diesen Moment auf. Statt davon etwas zu erkennen zu geben, stellte sie schlicht fest: »Mensch, Karl, dein Vater war also ooch so 'n Suffkopp.«

Vielleicht wollte sie mit dieser Bemerkung aber auch nur von der Politik ablenken. Jedenfalls erzählte sie nun die im Familienkreis berühmt-berüchtigte Geschichte von Trinker-Paul. Trinker-Paul, ihr Vater: der einzige Säufer, den sie jemals geliebt hatte. Acht Jahre war sie alt gewesen, als es nachts heftig an der Wohnungstür schlug. Paul wusste sofort Bescheid. »Otti«, sagte er, »hol det Beil.«

Wie jedes Mal, wenn sie diesen Satz wiedergab, betonte meine Großmutter auch jetzt, dass ihr Vater nicht seine Frau Luzie, sondern sie, Otti, die geliebte Tochter, beauftragte, das Beil zu holen. Wie jedes Mal strahlte sie auch jetzt vor Stolz. »Also jut, ick holte det Beil. Meine Mutter wusste natürlich ooch, dass et im Kleiderschrank stand, aber uff sie konnt er sich nich verlassen. Ick war eben sein Liebling.«

Kaum hatte meine Großmutter ihrem Vater das Beil in die Hand gedrückt, öffnete er die Tür. »Da standen drei Kerle. Seine Saufkumpane. Sagten irgendwat von Schulden. Mein Vater hob det Beil und haute dem eenen gleich uff 'n Kopp. Nich mit der scharfen, sondern mit der stumpfen Seite haute er dem uff 'n Kopp. Der kippte trotzdem sofort um, mausetot. Die andern sagten keen Wort. Da habt ihr eure Schulden, sagte mein Vater. Die andern nahmen ihre Beene in die Hand und rannten los.«

Trinker-Paul schloss die Tür, drückte meiner Großmutter das Beil in die Hand, damit sie es wieder wegstellen konnte, und legte sich schlafen. Ehefrau Luzie heulte fassungslos, während Otti, nachdem sie das Beil in den Kleiderschrank gestellt hatte, sich wie ihr Vater unverzüglich wieder schlafen legte. Zwanzig Minuten später war die Polizei da und nahm Trinker-Paul fest. Er kam vor Gericht. Dort wurde er freigesprochen. Notwehr. Luzie heulte erneut. Sie hatte gehofft, ihren Mann, den gewalttätigen Säufer, endlich los zu sein.

»Der konnte sich wehren«, sagte Oma Otti jetzt in der Küche mit all ihrem ungebrochenen Stolz. Karl erwiderte anerkennend: »Der hatte Mumm. Janz wie die Tochter.«

»Aber vielleicht«, sagte meine Großmutter, »wär 't besser jewesen, er wär in 'n Knast jekommen. 'n halbet Jahr später nämlich lag er nachts uff der Straße. Totjesoffen, hieß et offiziell. Ick bin mir aber bis heute nich sicher. Ick gloobe, die andern Suffköppe haben sich jerächt.«

Karl nickte, zustimmend. Als wüsste er Bescheid. Das war wohl eher unwahrscheinlich, obgleich ich, was ihn anbelangte, sehr Vieles für möglich hielt. Meine Groß-mutter schaute in den Spiegel überm Spülbecken und überprüfte, ob ihre Friederike-Kempner-Frisur noch in Ordnung war. Auf diese Weise forderte sie – und offen-bar nicht zum ersten Mal – ein Kompliment ihres Lieb-habers heraus.

»Du siehst zum Reinbeißen aus!«

»Aber Karl«, sagte Oma Otti und spielte ein bisschen Empörung, »wat soll 'n der Junge denken?«

16

Wenn in Filmen eine Beerdigung stattfindet, regnet es meist. Als ob die Trauer vom Himmel kommen muss, wenn die Schauspieler nicht richtig weinen können. Bei Rudis Beerdigung goss es in Strömen. Das hatte ich in keinem Film bisher gesehen. Oma Otti sagte: »Also, viel Flüssigkeit hat er ja schon immer jebraucht.«

Sie freute sich, dass die Familie endlich mal wieder zusammenkam. Die Familie, das war außer mir und meinen Eltern Onkel Bodo, der Halbbruder meiner Mutter. Onkel Bodo war der Sohn des dritten Ehemannes, des Rheinländers Hans-Joseph. Er lebte irgendwo in Köpenick, arbeitete bei der Post als Briefträger und hatte weder die ruinöse Leidenschaft für Pferdewetten noch die schönen welligen Haare seines Vaters geerbt.

Für mich war er der Mann mit der weichen Stelle. Sie war handtellergroß und auf dem kahlen, flachen Hinterkopf, dort, wo die Knochen nie richtig zusammengewachsen waren. Als Kind durfte er nicht schwimmen oder Fußball spielen, von so etwas wie Boxen ganz zu schweigen. Stattdessen trug er stets eine gepolsterte Wollmütze, die ihm schon frühzeitig den Namen Mützen-Bodo eingebracht hatte. Mittlerweile war Onkel

Bodo vierundvierzig Jahre alt und hatte immer noch keine Frau. »Entweder schwitzte dir dein Zeug durch die Rippen«, hatte Rudi mal zu ihm gesagt, »oder beim Briefeaustragen is dir von 'nem Köter der Schwanz abjebissen worden.« Seit dieser Bemerkung hatte Onkel Bodo seine Mutter und ihren sechsten Ehemann nie mehr besucht. Gelegentlich fuhr Oma Otti zu ihm nach Köpenick, aber Bodo ließ sich nicht erweichen, seinen Entschluss rückgängig zu machen.

Nun betrat er als Letzter in der Reihe unserer Familie die Kapelle des St.-Petri-Friedhofes und nahm sogar seine Wollmütze ab. Am liebsten hätte ich mich hinter ihn gesetzt, um die weiche Stelle betrachten zu können, doch meine Großmutter dirigierte uns allesamt in die erste Reihe. Ich setzte mich schnell neben meinen Onkel. So konnte ich, wenn ich mich weit zurücklehnte, die Stelle sehen. Zu seiner anderen Seite saß Oma Otti und legte, froh und dankbar, ihre Hand auf das Knie des gewissermaßen heimgekehrten Sohnes. Neben mir saß meine Mutter, neben ihr mein Vater. Er war um eine dem Anlass angemessen respektvolle Haltung bemüht, und dementsprechend lauschte er andächtig der festlich-traurigen Violinenmusik. Meine Mutter konnte sich unterdessen einen giftigen Blick zu dem bevorzugten Sorgenkind meiner Großmutter nicht verkneifen.

Dann kam der Redner aus einer Hintertür der Kapelle. Er war ein großer, hagerer Mann mit einem schwermütigen Pferdegesicht. Mit diesem Gesicht schien er wie geschaffen für die Durchführung von Beisetzungen. Er wartete die letzten Takte der Violinenmusik ab, schaltete den Plattenspieler aus und trat hinter ein Rednerpult, das so niedrig war, dass es ihn zu einer gebeugten Haltung zwang.

Seine Rede war eine recht eigensinnige Zusammenfassung des Lebens von Opa Rudi. Dass er ein Kind der unterdrückten und deshalb sehr armen Arbeiterklasse war, mochte ja noch zutreffen, aber dass er den Krieg wie eine leidvolle Erfahrung hatte ertragen müssen, ihm gleichwohl auf geläuterte Weise entkommen konnte, erschien mir doch etwas übertrieben. Und dass er schließlich mit meiner Großmutter, der ihm in Liebe zugetanen Ottilie Henschel, das späte Glück seines Lebens fand, hätte mich womöglich zum Lachen gebracht, wenn ich nicht bereits auf die weiche Stelle von Onkel Bodo konzentriert gewesen wäre, unter der es langsam, aber deutlich zu pulsieren begann. War es Protest, der sich bei ihm auf diese Weise zeigte?

»Rudolf Henschel war aber auch«, fuhr der Redner fort, »ein Mensch, der fröhlicher Geselligkeit durchaus zugetan war.«

Sicherlich meinte er damit die Saufabende im FEUERMELDER. Meine Großmutter hatte sich noch gestern vom Wirt, Helmut Dunckelmann, das Versprechen geben lassen, dass niemand, ausgenommen Dr. Klemm, von den Kneipenbrüdern zur Beisetzung erscheinen würde. Eigentlich ungerecht, dachte ich, denn nirgendwo sonst hatte Rudolf Henschel in den letzten Jahren soviel Zeit zugebracht wie in seiner Stammkneipe. Dr. Klemm jedoch war genauso wenig wie die anderen gekommen.

Der Redner beugte sich nun weit über sein Pult, das wider Erwarten nicht umkippte, und nannte Rudi einen allen Generationen gegenüber aufgeschlossenen Menschen. Das aber tat er offenbar nur, um plötzlich mich, ausgerechnet mich in seine hanebüchene Huldigung hineinzuzerren: »Und so war er seinem Enkel Holger ein stets aufgeschlossener und allseits interessierter Gesprächspartner, der von den Unwägbarkeiten dieses so stürmischen Jahrhunderts aufschlussreich zu berichten wusste.«

Ich hätte nicht sagen können, von wem ich diesen berühmt-berüchtigten Ausspruch, dass die absolute Lüge die beste Lüge sei, gehört hatte. Ich wusste nur, dass er von Joseph Goebbels stammte, der nicht weit vor 1933 neben Walter Ulbricht auf einer Tribüne gestanden hatte. Der Mann mit dem Pferdegesicht jedenfalls schien diesen Leitsatz regelrecht zu lieben. Ich hatte Lust aufzustehen und zu sagen, dass Rudi, wenn es mal ums stürmische Jahrhundert gegangen war, nur vom Krieg geschwärmt hatte. Ich schaute zu meinen Eltern, aber die sahen nicht so aus, als würde sie irgendetwas an dieser Rede stören. Meine Mutter hatte ihr spöttisches Lächeln im Gesicht, mein Vater zeigte unverändert seine respektvolle Haltung. Er hatte ja auch meine Großmutter zum Vorgespräch mit dem Redner begleitet und Rudi ganz sicher als besten Menschen der Welt geschildert. Hätte nur noch gefehlt, ihn einen glühenden Sozialisten zu nennen.

»Und«, fuhr der Redner wiederum fort und hob bedeutsam die Stimme, »auch Bodo, dem Erstgeborenen seiner Gattin, war der teure Verstorbene zugetan, und er bedauerte es sehr, in dieser Hinsicht seine Gefühle nicht so zeigen zu können, wie er es eigentlich, im tiefsten Innern seines Herzens immer wollte.«

Die Hand meiner Großmutter umklammerte nun regelrecht Bodos Knie. Doch das inzwischen heftige Pulsieren unter seiner weichen Stelle schien sie immer noch nicht wahrgenommen zu haben oder schlichtweg zu ignorieren. Wenn jetzt die Kopfhaut reißt, dachte ich, kommt das Gehirn herausgequollen, und vielleicht bemerkt es niemand außer mir.

Soweit sollte es aber nicht kommen. Bodo stand urplötzlich auf, wandte sich zum Gehen, drehte sich jedoch noch einmal um und schrie den Redner an: »Was wissen Sie denn schon? Wo andre 'n Herz haben, hatte der doch nur 'nen riesigen Granatsplitter.«

Oma Otti war wie ihr Sohn aufgestanden. »Bodo, das stimmt nich«, rief sie ihm zu. »Er war 'n Suffkopp, ja. Er war oft unleidlich, ja. Und wat der da erzählt« – sie wies mit einem kurzen Kopfnicken zum Redner hinterm Pult – »det kannste verjessen, ja! Aber so schlimm, wie du sagst, war er ooch nich. Immer mal wieder hat er nach dir jefragt.«

»Ja«, entgegnete Bodo scharf, »er freute sich, mich zu sehen. Um mich zu beleidigen, wo er nur konnte.«

»Er hat et eben ooch nich verstanden, warum de keene Frau hast«, versuchte Oma Otti den Verstorbenen zu verteidigen.

»Das ist meine Sache, einzig und allein meine Sache!«

Bodo ging los. Oma Otti rief ihm hinterher: »Außerdem, er hatte 'n Splitter im Kopp, nich im Herzen!«

Bodo blieb nicht mehr stehen, und meine Großmutter brachte kein weiteres Wort heraus. Das war der Moment meiner Mutter. Sie stand auch auf und rief: »Ja, Bodo, so einer biste. Erst gehste unsere Mutti jahrelang nich besuchen, und nu bereiteste ihr noch so einen Kummer. Schämen solltest du!«

Der Redner hielt sich inzwischen beidhändig an seinem Pult fest, bemüht, seiner Fassungslosigkeit Herr zu werden.

Mein Vater versuchte, ihn zu beruhigen: »Sprechen Sie weiter. Lassen Sie sich nicht stören. Ich entschuldige mich für dieses völlig unverständliche Benehmen meiner Familie.«

Wenigstens mein Vater war sitzen geblieben. Bodo hatte unterdessen die Kapelle verlassen. Der Redner schlug mit der flachen Hand aufs Pult: »Herrschaften! Haltet mal die Schnauze! Oder sind wir hier in 'ner Klapsmühle?«

Meine Mutter ignorierte den Redner, obgleich dem dieser Gefühlsausbruch wahrlich nicht zuzutrauen gewesen war. Sie sah wütend auf meinen Vater herab, der sogleich eine geduckte Haltung einnahm. »Was heißt denn hier völlig unverständliches Benehmen?«, sagte sie. »Was mischst du dich überhaupt in die Angelegenheiten anderer Leute?«

Anderer Leute! Jetzt war mein Vater sprachlos. Als ABV war es gewissermaßen seine Pflicht, sich in die Angelegenheiten anderer Leute einzumischen. Jetzt sollte er es nicht mal mehr in seiner eigenen Familie tun dürfen. Aber er tat mir nicht leid, nicht im geringsten. Ich dachte daran, wie er der hilflosen Frau Stolle die Fingerabdrücke abgenommen hatte, um sich damit vor den Oberleutnants der Kriminalpolizei hervorzutun.

Plötzlich kam ihm ausgerechnet Oma Otti zu Hilfe. »Ja, Renate«, sagte sie mit Tränen in den Augen, »unver-

112

ständliches Benehmen, jenau det isset. Warum haste nich den Bodo in Ruhe lassen können? Du weeßt doch, wie er is. Nu lässt er sich wieder ewig nich blicken, früh'stens, wenn ick mal beerdigt werde.«

»Ja«, entgegnete meine Mutter, und auch ihr kamen nun die Tränen, »ick weiß, wie er is. 'n Muttersöhnchen is er. War er ja schon immer. Ach, der arme Junge. So benachteiligt von der Natur mit seiner weichen Stelle ...«

Sie hatte ihre Stimme verstellt, um Oma Ottis Tonfall nachzuahmen. Sie setzte sich und ließ ihren Tränen freien Lauf. Meine Großmutter setzte sich ebenfalls und schluchzte vor sich hin. Mein Vater nahm die Hand meiner Mutter, sie aber entzog sie ihm unverzüglich.

»Na also«, resümierte der Redner, als wollte er sagen: Endlich wird geheult, wie es sich gehört für 'ne anständige Beerdigung. Dann fuhr er fort mit seiner Rede, als wäre überhaupt nichts geschehen. »Und besonders erwähnenswert«, sagte er, »war das Verhältnis des Dahingeschiedenen zu seinem Schwiegersohn, dem Genossen Klaus-Dieter Jürgens, der als Abschnittsbevollmächtigter seinen verantwortungsvollen Dienst tut. Nicht immer waren sie in jeder Hinsicht auf einer Linie, aber um so beachtlicher ist es, dass sie sich prinzipiell mit gegenseitigem Respekt bedachten und behandelten. Wie zwei Männer, die im Verbund der Generationen unsere sozialistische Gesellschaft stets und ständig noch weiter voranbringen.«

Nun war Rudi doch noch zum Sozialisten ernannt worden. Er konnte sich nicht mehr dagegen wehren. Er war nur noch Asche, die zusammen mit der Asche von

Müller, Meier, Schulze in eine serienmäßig hergestellte Urne gestopft worden war und darauf wartete, unter die Erde des St.-Petri-Friedhofes gebracht zu werden.

Meiner Großmutter war inzwischen das Heulen wieder vergangen. »So, nu reicht det«, sagte sie zum Redner. »Nu hab'n Se aber jenug Blödsinn jequatscht.«

»Frau Henschel«, erwiderte der Mann mit dem Pferdegesicht. »Darf ich Sie daran erinnern, dass wir das alles abgesprochen haben, zusammen mit Ihrem Schwiegersohn?«

»Det war 'n Fehler«, bekannte Oma Otti. »Det is nämlich 'n Wichtigtuer, det glooben Se jar nich.«

Mein Vater sagte kein Wort. Er war zwar ein Wichtigtuer, aber er war es auch, der es zum Schluss immer abkriegte.

»So«, sagte Oma Otti und nahm die Urne, die neben dem Pult stand. »Rudi hat et verdient, endlich unter de Erde zu kommen.«

Das Pferdegesicht schüttelte nur noch den Kopf. Sagte sich wahrscheinlich: Wenn der ABV als Vertreter des Gesetzes nichts dagegen hat, dann soll doch die seltsame Alte die Sache selber erledigen.

Wir folgten meiner Großmutter auf dem Weg zu Rudis Urnenstelle, die sich in einer Reihe mit der letzten Ruhestätte Fisch-Winklers befand. Meine Großmutter stellte die Urne in das dafür vorgesehene Loch und schaufelte es selber zu. Dabei schimpfte sie, dass es noch über einen Monat dauert, bis der Grabstein fertig sein würde. Sie hatte sich doch für das einfachste und auch preiswerteste Angebot entschieden: Einen so genannten Kissenstein, der deshalb so hieß, weil man ihn nicht hin-

stellte, sondern hinlegte. Als Aufschrift hatte sie angege-
ben: »Rudolf Henschel, geb. 10. April 1887 – gest. 1. Dezember 1968«. Nichts von Otti.

17

Im Mordfall Erich Winkler kam die Kriminalpolizei keinen Schritt weiter. Im Gegenteil: Am 6. Dezember wurde Burkhard Stolles Vater aus der U-Haft entlassen. Die Brigade »Wilhelm Pieck« des VEB Kabelwerk Oberspree hatte in einem Brief an die Polizeiführung gebeten, im Interesse der Planerfüllung zu prüfen, ob ihr vorbildlicher Kollege, der Hilfsschlosser Karl-Heinz Stolle, nicht wieder zur Verfügung stehen dürfe. Entscheidend aber war, so mein Vater, dass gegen Stolle keinerlei Beweise vorlagen. Er genoss es, zu Hause bei jeder Gelegenheit auf das Versagen der Kripo hinzuweisen. Offenbar hatte er die Begegnung mit den Oberleutnants immer noch nicht verwunden. Burkhard Stolle war zutiefst deprimiert. Er sagte im Unterricht und auch in den Pausen kein Wort. In der eindringlichen Art eines Freundes sagte ich unter vier Augen zu ihm: »Hör mal zu, Burkhard, noch ist gar nichts entschieden. Aber wir brauchen Beweise. Die Kripo findet einfach keine. Du musst ihn beobachten und dir alles Mögliche merken, und dann musst du ihn fragen, geschickt fragen …«

»Und dann krieg ick eins in die Fresse, oder wat?«, unterbrach mich Burkhard.

»Das kriegst du sowieso«, versuchte ich ihn zu beschwichtigen.

Dieses Argument leuchtete ihm ein. Er nickte bestätigend, blieb aber verzagt. Mehr als die wieder zu erwartende Prügel betrübte ihn jedoch, wie mir schien, die Tatsache, dass er wahrscheinlich nicht mehr der Sohn eines Mörders war.

Fisch-Winklers Laden war inzwischen als Konsum wieder eröffnet worden, aber Flaschenbier wurde, womöglich aus Sicherheitsgründen, nicht mehr verkauft. Ich fragte mich, ob die Fische in dem unverändert modrig stinkenden Becken noch aus der Zeit vor Winklers Tod waren. Ich ging in den Laden und versuchte es herauszufinden, indem ich sie eingehend betrachtete.

»Kuck die nich so an, die erschrecken sich noch vor dir«, sagte eine der Verkäuferinnen, deren Dutt noch höher war als der meiner Mutter. Außerdem trug sie eine weiße Gummischürze mit dem großen Konsum-K.

»Die erschrecken sich nicht vor mir, höchstens vor Ihnen«, entgegnete ich und beeilte mich, den Laden zu verlassen. Wenn überhaupt eine Frau, später mal, dachte ich, dann niemals eine mit Dutt.

Auf dem Boxhagener Platz war ich als Mitspieler beim Fußball begehrt wie nie zuvor. Zwar war ich allenfalls unteres Mittelmaß, aber der Mordfall Fisch-Winkler erfreute sich immer noch größten Interesses. Kein Spiel, in dem ich nicht gefragt wurde, wie denn der Stand der Ermittlungen sei. Da ich einen Verdächtigen nicht so einfach aus dem Hut zaubern konnte, ohne Gefahr zu laufen, als Hochstapler dazustehen, befriedigte ich die Neugierde meiner Mitspieler auf andere Weise. »Die stockende Ermittlung«, log ich, ohne mit der Wimper zu zucken, »zieht Konsequenzen nach sich: In der Führung der Kripo wird es Wechsel geben. Es ist sogar die Rede davon, dass der Berliner Chef der Polizei gehen muss.«

Die Fußballspiele fanden zwischen zwei sich gegenüber stehenden Klettergerüsten statt, die als Tore dienten. Nur wenn Eddy kam, um an einer ganz bestimmten Klettergerüststange die Riesenfelge zu turnen, mussten wir aufhören zu spielen. Das hatte Jochen Grundorff so angeordnet, der Eddies Turnkünste bewunderte und überhaupt sein Beschützer war. Eddy war als Fünfjähriger im Krieg während eines Bombenangriffes verschüttet gewesen und hatte seitdem, wie Jochen sagte, nicht mehr alle Neune bei'nander. Niemand jedoch durfte ihn hänseln, geschweige denn Angst einjagen. Jochen sagte: »Der Eddy, der hat wat erlebt, davon können wir alle nich mal träumen. Der war schon hinüber und is wieder zurück. Der is dem Tod vonne Schippe jeturnt.«

Einmal hatte ich Eddy gefragt, was er denn erlebt habe, als er schon hinüber war. Eddy starrte mich daraufhin mit weit aufgerissenen Augen an, plötzlich aber grinste er übers ganze Gesicht und sagte: »Nischt.«

Ich hatte ihm natürlich nicht geglaubt, aber seine Antwort respektiert. Er musste Gründe dafür haben, nichts aus dem Reich der Scheintoten zu berichten. Vielleicht hatte er sich verpflichten müssen, den Lebenden keine Auskunft zu geben. Vielleicht hatte er nur durch diese Verpflichtung sein Leben zurück haben dürfen. Im Diesseits war er einzig seiner Mutter verpflichtet, die ihn versorgte und mit von seiner Invalidenrente lebte.

Eddy sollte mich nicht nur als ehemaliger Scheintoter

118

beschäftigen. Nein. Er rief mich zu sich, nachdem er wieder mal seine Riesenfelge geturnt hatte, und fragte, ob er mich unter vier Augen sprechen dürfe. »Klar«, sagte ich. Auf Eddy war ich immer neugierig.

Wir spazierten die Krossener Straße hinunter, und Eddy fragte, ob ich endlich schon wisse, wer der Mörder sei.

Es war klar, wessen Mörder er meinte. Ich sagte: »Nein.«

»Kannste auch nicht«, sagte Eddy. Er hatte eine geradezu diebische Freude daran, meine wachsende Neugierde zu erleben.

»Warum denn nicht?«, fragte ich.

»Tja«, sagte Eddy und entschied sich zu einer Art Überraschungsangriff: »Ich war's.«

»Du?«

»Sag ich doch: Ich war's.«

Ich glaubte ihm nicht. Andererseits war seine Behauptung derart heftig, dass sie mich nicht unbeeindruckt ließ.

»Und warum?«, fragte ich. »Was war dein Motiv?«

Nun war Eddy überrascht, dass ich mich wohl entschlossen hatte, ihm zu glauben. »Konnte den nicht leiden«, sagte er. »War immer unfreundlich zu mir. Sagte zu mir, ich hätte 'ne Macke.«

»Haste die nicht?«, entgegnete ich, ohne ihn beleidigen zu wollen.

»Vorsicht, Vorsicht. Ich hab nicht alle Neune beieinander. Ich war ja auch verschüttet gewesen, als Berlin bombardiert wurde. Das ist aber noch lange keine Macke.«

»Und wenn ich das jetzt der Polizei erzähle? Muss ich doch, oder?«

Eddy grinste hämisch. »Die glauben dir doch sowieso nicht. Die denken doch, ich bin viel zu doof für 'n Mord.«

»Bist du dir da so sicher?«, erwiderte ich und ließ mich hinreißen, meinen peinlichen Vater als Waffe einzusetzen. »Du weißt doch, wer der Abschnittsbevollmächtigte ist. Der braucht dich bloß mal richtig zu verhören, so richtig in die Mangel zu nehmen.«

Eddy bekam Angst. Ich sah es an seinen Augenlidern, die zu flattern begannen. Aber er wusste, wie er sich wehren konnte: »Jochen hat verboten, mir Angst einzujagen. Ich sag Jochen Bescheid.«

Er hatte seine Trumpfkarte ausgespielt. Jochen ist zu gut, dachte ich, und Eddy nutzt das einfach nur aus. Ich hatte Lust, ihm so richtig auf den Zahn zu fühlen. Er hatte tatsächlich nur noch einen Zahn, den Kuchenzahn, wie er ihn selber nannte. Eine bräunliche Ruine, von der Eddies berühmt-berüchtigter Mundgeruch ausging. Ich hätte den einstmals Verschütteten womöglich auch foltern können, indem ich Bombenalarm nachahmte. Ich hatte mir diesen Sirenenton von Oma Otti beibringen lassen. Ich malte mir aus, wie Eddy unter größten Seelenschmerzen zugeben würde, dass er nur ein Wichtigtuer sei und obendrein eine gehörige Macke habe. Ein bisschen schämte ich mich für meine bösartigen Vorstellungen, aber nur ein bisschen.

Beim Mittagessen zu dritt – erneut Karls Lieblingsessen: Erbsensuppe – erzählte ich von Eddies Selbstbezichtigung.

»'n Grund hätte er wenigstens«, sagte Karl. »Am Ende des Krieges is er verschüttet worden. Den Krieg hatten die Nazis verschuldet. Fisch-Winkler war 'n Nazi. Der war bei der SS, und wenn er voll war wie 'ne Strandhaubitze, prahlte er sogar damit.«

»Karl!«

»Wieso denn, Otti?«, erregte sich Karl. »Wieso soll denn der Junge das nich wissen? Nur weil in der Schule erzählt wird, dass es in der DDR keinen mehr gibt, der mal in der SS war? Wo sind sie denn alle hin?«

Tatsächlich war diese Frage in der Schule tabu. Wenn wir im Unterricht gefragt wurden, wie das Wort Masse oder Rasse oder Klasse geschrieben wird, durften wir nicht antworten: mit SS. Die Sprachregelung lautete: mit Doppel-S. SS zu sagen, ohne die SS zu meinen, war unanständig, mindestens. Dass sich hinter dieser Abkürzung ein so harmlos klingendes Wort wie Schutz-Staffel verbarg, hatte mich zunächst etwas beruhigt. Bis Frau Heinrich uns erzählte, dass diese Schutz-Staffel in Russland ganze Dörfer vernichtet und zu Hause in Deutschland etliche Widerstandskämpfer auf dem Gewissen hatte. War Rudi vielleicht auch bei der SS gewesen? Und Fisch-Winkler, sein Kamerad aus alten Tagen, hatte gedroht, genau das uns allen zu verraten? Kein Wunder, wenn er deshalb durch Rudis Hand sterben musste.

»War Rudi«, fragte ich, »auch bei der SS?«

»Siehste«, sagte Oma Otti zu Karl, »jetzt is der Junge völlig durch'nander.«

Ein Streit drohte, der erste Streit in ihrem Liebesleben. Doch da, plötzlich, schlug die Schlafzimmertür, die halb offen gestanden hatte, ins Schloss. Oma Otti kam gar nicht auf den Gedanken, dass ein heftiger Windstoß durch das geöffnete Schlafzimmerfenster der Auslöser gewesen sein konnte. Nein, sie verkündete prompt: »Nu hat er sich noch mal jemeldet.«

Ich wusste, dass sie davon ausging, dass die Toten sich noch einmal melden, in der Regel eine Woche nach ihrer Beisetzung. Nachdem sie sich gewissermaßen in ihrer neuen Umgebung die erste Orientierung verschafft haben. So war es bei Luzie gewesen, ihrer Mutter, die eine Zuckerdose vom Küchentisch stürzen ließ, und natürlich auch bei ihrem Vater Paul, dessen Stimme aus dem Jenseits zu Otti sagte: »Schaff det Beil beiseite.« Sie tat es. Am Tag darauf wollte Luzie das Beil wegwerfen, doch meine Großmutter hatte es bereits, ohne dass Luzie je davon erfuhr, unter ihrer Bettmatratze versteckt. Später wurde die Notwehrwaffe durch den wettsüchtigen, schönen Hans-Joseph heimlich verkauft. Der meldete sich schließlich genau sieben Tage nach seinem Tod, indem er meine Großmutter auf der Kellertreppe in den Hintern zwickte. Sie stellte den Kohleneimer ab, lächelte selig und hoffte, dass er es noch einmal tun würde. Sie wartete eine ganze Stunde lang auf der Kellertreppe, dann gab sie die Hoffnung auf.

»Also, dass Rudi sich meldet, hätte ick nich jedacht«, sagte sie jetzt. »Hätt ick ihm einfach nich zujetraut. Alle Achtung.«

Wollte sie Karl eifersüchtig machen? Wenn er eine Neigung zur Eifersucht hatte, so ließ er sie sich aber nicht anmerken. Im Gegenteil. Er sagte: »Rudi is eben doch 'n feiner Kerl. Konnte bloß seine Gefühle nich immer so zeigen. Undenkbar, dass er bei der SS gewesen wäre …«

Oma Otti war nunmehr wieder versöhnt. »Weeßte«,

sagte sie plötzlich, »dass ick det Jefühl habe, dich damals jesehen zu haben, als de mit 'm Spartakusbund gegen de Regierungstruppen jekämpft hast. Det war, gloob ick, inne Pfarrstraße, wat heut am Nöldnerplatz is. Ja, doch, da bin ick mir eijentlich janz sicher. Ick stand im Hausflur, aber neugierig wie ick war mit meine vierundzwanzig Jahre, kiekte ick doch durch 'n Türspalt. Und weeßte, woran ick dir wiedererkannt hab? An deine große Nase. Und an dein' großen Kopp. Ick dacht schon damals: Is jefährlich mit so 'nem großen Kopp. Is leichter zu treffen als kleenere. Aber wie ick sehe, haste ja Glück jehabt.«

»Nich nur Glück«, sagte Karl nicht ganz uneitel. »Auch Können.«

Bewundernd und verliebt schaute ihn meine Großmutter an. Schon damals, dachte ich, vor genau fünfzig Jahren, ist also der Keim für ihr Liebesgefühl gelegt worden. Dann aber wunderte ich mich doch sehr: Der Keim für ihr Liebesgefühl. Woher hatte ich nur diese schwülstige Umschreibung? Ich war doch kein Leser der Arzt-, Adels- oder Liebesschmöker meiner Großmutter.

18

Weihnachten, das Fest der Liebe, warf seine Schatten voraus, und Oma Otti beschäftigte sich ausgiebig mit der Frage, welche Art von Weihnachtsbaum sie sich in die Wohnstube stellen sollte.

»Bei uns jibt's ja aber ooch überhaupt keene Auswahl«, sagte sie mit abfälligem Bedauern. Dieses Jahr wollte sie es sich nicht nehmen lassen, in Westberlin unter den verschiedenen Nadelgehölzen fündig zu werden. Sie schwärmte aber nicht nur von Schwarzwaldfichten und Edeltannen, sondern auch von den unzähligen Schokoladenweihnachtsmännern, die die Süßwarenabteilungen der Kaufhäuser überschwemmten. »Sowat«, sagte sie, »bringen die Kommunisten nicht zustande.«

Sie sagte es nicht im Beisein von Karl, denn sie wusste, dass er sogleich gegen die, wie er sie nannte, westliche Fressgesellschaft gewettert hätte. »Dafür haben wir 1918 nich gekämpft!«, war sein Leitspruch, den er für den Westen und den Osten gleichermaßen einsetzte. Im Westen war es, so sagte er, die unsoziale Wohlstandsgesellschaft, im Osten das Bonzentum.

Oma Otti stiefelte über die Oberbaumbrücke, den Grenzübergang hinterm Glühlampenwerk, und kaufte für zehn Westmark eine Kiefer, von der meine Mutter meinte, dass sie auch in Ostberlin an jeder zweiten Ecke zu haben gewesen wäre. Mein Vater war der gleichen Meinung, woraufhin Oma Otti meiner Mutter vorwarf: »Na prima, nu redste schon jenauso wie dein Abschnitts-bevollmächtigter.«

Es war tatsächlich eine große Ausnahme, dass meine Eltern der gleichen Meinung waren. Gleichwohl blieb meine Mutter bei ihrer Haltung: »Also, wenn ick Rent-nerin wäre und endlich in 'n Westen fahren dürfte, würd ick wat Besseres von meinem Begrüßungsgeld kaufen als so 'nen dämlichen Baum.«

»Na, nu mach mal halb lang«, erwiderte Oma Otti, und so entrüstet hatte ich sie selten gesehen. »Bring ick dir nich immer mal 'ne Packung Persil mit oder Holger seine Vollmilchschokolade? Wat kann ick 'n dafür, dass der Staat nur die Rentner rüberlässt. Und wat heißt 'n: so 'n dämlicher Baum? Da war ick schon froh, mir sowat nich mehr anhör'n zu müssen, und nu kommst du und quatschst jenauso 'n dummet Zeug wie Rudi Hen-schel …«

Für Rudi waren Weihnachtsbäume nichts anderes ge-wesen als Kikifax oder Kinkerlitzchen. Jedes Jahr im De-zember hatten sie sich darüber gestritten, und jedes Mal hatte meine Großmutter nur ein paar Zweige gekauft, damit wenigstens Weihnachten Frieden herrscht, wie sie sagte.

Mein Vater ließ es sich nicht nehmen, den Weih-nachtsbaum aufzustellen. Er bat regelrecht darum, und während er die Kiefer mit Lametta schmückte, behaup-tete er mehrmals, dass Renate es ja nicht so gemeint habe mit ihrer unhöflichen Bemerkung. »Warum nimmste se denn immer in Schutz?«, entgegnete Oma Otti. »Kriegst doch sowieso bloß 'nen Arschtritt dafür, verstehste?«

Mein Vater hatte wohl verstanden, antwortete aber nicht. »Naja, wat sollste ooch sagen«, meinte sie und winkte nur ab. Zum Schluss pflanzte mein Vater fünf Kerzen, brandschutztechnisch einwandfrei, wie er betonte, auf die Zweige.

Als er fort war, sortierte meine Großmutter alle Kleidungsstücke von Rudi. Zwei Stapel: Einen für die Altstoffhandlung in der Scharnweber Straße – vier Unterhosen, vier Unterhemden, löchrige Socken, löchrige Schuhe, die beiden Schlafanzüge –, den anderen für die Kundschaft vom FEUERMELDER – zwei Jacketts, drei Hosen, Socken ohne Löcher, Schuhe ohne Löcher, drei Hemden, zwei Pullover, Taschentücher, die beiden Hüte, den Schal, den Wintermantel. Karl, der nichts von den Sachen haben wollte – was seine sparsame Geliebte ausgesprochen schade fand –, hatte versprochen, sie bei nächster Gelegenheit wegzubringen. Gut so. Musste ich es wenigstens nicht tun.

Nach dieser Arbeit entschied Oma Otti: »So. Jetzt machen wir zwei beiden es uns mal 'n bisschen jemütlich.« Sie kochte einen Brühwürfel auf, zündete die Weihnachtsbaumkerzen an und setzte sich aufs Kanapee. Ich setzte mich neben sie. Wir tranken die Brühe und betrachteten die Kerzen. »Immer kleener werden se«, seufzte Oma Otti. »Wie det Leben.« Dann schlief sie ein.

Am nächsten Tag kreuzte sie voller Empörung bei meinen Eltern auf. Ihrer Kiefer waren über Nacht alle Nadeln abgefallen. Meine Mutter war gerade von der

Arbeit gekommen und mein Vater im Begriff, sich zu einem seiner polizeilichen Rundgänge aufzumachen. Oma Otti sprach ihn direkt und unumwunden als Schuldigen an: »Det kann nur wegen deine Kerzen jewesen sein.«

»Oh, dein schöner Westweihnachtsbaum«, stichelte meine Mutter, und das schien meinen Vater zu ermutigen, ebenfalls in die Offensive zu gehen.

»Da siehst du mal«, sagte er in seiner dozierenden Art zu Oma Otti, »wie der Klassenfeind tätig ist. Zieht 'ner alten Dame das Geld aus der Tasche für 'ne Ware, die diesen Namen nicht einmal verdient.«

Oma Otti schien zumindest die Möglichkeit eines Betruges in Erwägung zu ziehen. Meine Mutter aber konterte: »Wenn der Klassenfeind tätig gewesen wäre, hätte er der alten Dame die beste Kiefer weit und breit verkauft, um für so 'ne Leute wie dich die Überlegenheit des Westens zu beweisen.«

»Damit hätte er aber bei so 'nen Leuten wie mir nicht die geringste Chance«, erwiderte mein Vater erwartungsgemäß.

»Ihr habt 'n mir nich jegönnt, den schönen Baum, alle beide nich«, sagte Oma Otti. »Betrug hin oder her, is doch ejal. Aber ick werf ihn nich weg. Die Freude mach ick euch nich.«

Damit stiefelte sie davon. Meine Mutter ging wortlos ins Bad. Mein Vater machte sich zu seinem polizeilichen Rundgang auf.

Beim Abendbrot sagte meine Mutter noch immer kein Wort, kaute stattdessen ungewöhnlich lange an jedem Bissen. Weder ich noch mein Vater wagten, sie anzusprechen. Wir hatten wohl beide das Gefühl, dass jeden Moment ein Gewitter losbrechen würde. Und plötzlich war es dann auch soweit. Sie stand auf und schrie mit Tränen in den Augen und zitternden Händen: »'ne Schande! Dass nur die Alten rübergelassen werden ... Freut sich der Staat noch ... bei jedem, der im Westen bleibt! Spart er die Rente, der Staat ... dieser ... Verbrecherstaat!«

Meine Mutter verließ, ohne sich geschminkt und umgekleidet zu haben, die Wohnung. Dennoch konnte ich mir denken, dass sie ins Café NORD oder zu RENI ging, und mein Vater konnte es sich offenbar auch denken. Ich hatte ihn noch nie so hilflos und zugleich wütend gesehen. Er knetete seine Hände, als wollte er sie zerquetschen. »Jetzt geht sie wieder zu den Kerlen ... und lässt sich ... durchficken«, stammelte er. Dann stand er auf und ging ins Bad. Er wollte nicht, dass ich sehe, wie er heult.

19

Aus der Altstoffhandlung war Karl mit fünfunddreißig Mark und vierzig Pfennigen zurückgekommen, und im FEUERMELDER war er die Sachen sowieso reißend losgeworden. Anton, der Neigentrinker, hatte sich, wie Karl berichtete, gleich den Wintermantel gekrallt, und der einbeinige Harry Kupferschmidt hatte sich ausgerechnet auf die Socken gestürzt. »Einem geschenkten Gaul schaut man nicht ins Maul«, soll er krakeelt haben.

Am zweiten Advent zog Karl mit zwei Koffern und drei großen, übervoll gepackten Zellophantüten zu seiner geliebten Otti. Er stellte ein Fläschchen Sherry auf den Wohnzimmertisch und sagte: »'n schön süßer. Zur Feier des Tages.« Und zwinkerte mir zu, wie von Mann zu Mann.

Dann saßen wir zu dritt nebeneinander auf dem Kanapee – meine Großmutter in der Mitte – und schauten auf die Kiefer, die über und über mit Lametta bedeckt war, sodass man nichts, jedenfalls fast nichts von ihrer Nacktheit sehen konnte. Es war das Äußerste der Gefühle, dass meine Großmutter mal ein Gläschen Eierlikör getrunken hatte, wenn sie mit meiner Mutter im Eiscafé Striegel saß. Nun schlürfte sie einen Sherry nach dem andern und kicherte, selig betrunken, unentwegt vor sich hin. Karl hatte noch ein zweites Fläschchen und schenkte auch mir ein Glas ein.

»Weißte«, sagte er dann, schon ein wenig lallend, »weißte eigentlich, wer den ollen Fisch-Winkler um die Ecke gebracht hat?«

Ich starrte Karl mit großen Augen an. Und der sagte im Brustton der Gewissheit: »Das waren die Studenten. Die Studenten von drüben, von der Freien Universität, vom Ku'Damm. Da sind welche zu uns rüber. Haben sich nach ollen Nazis erkundigt und dann den Fisch-Winkler aufs Korn genommen. Staunste, wa?«

Ich staunte nicht, ich war fassungslos. Aber ich hatte das Gefühl, Karl glauben zu können. Im Wein liegt die Wahrheit. So hieß doch das Sprichwort. Was wusste er noch?

»Haben diese Studenten Rudi auch um die Ecke gebracht?«

»Ach, Rudi.« Karl winkte ab. »Rudi is doch nur 'n kleiner Fisch. Der war doch nur 'n Mitläufer, und im Krieg hat er sich doch bei jedem Angriff in die Hose geschissen. Der hatte seinen Splitter, der ihn um die Ecke gebracht hat.«

Woher wusste Karl das alles? Welche Verbindungen hatte er? Fragen über Fragen. Plötzlich aber mischte sich Oma Otti ein: »Schluss jetzt! Will nischt mehr vom Krieg hören. Hab jenug Krieg. Inne Familie.«

Familie war das Stichwort, das sie zum Heulen brachte.

»Mensch, Otti«, versuchte Karl sie zu beruhigen, »jetzt bekomm doch nich dein' Moralischen.«

Meine Großmutter aber ließ sich nicht beruhigen.

»Wat is denn aus meine Kinder jeworden?«, schluchzte sie. »Unglücklich sind se, weiter nischt. Aber ick bin doch Schuld dran. Ick, jawoll, ick! Renate hab ick nich jeliebt, weil ick ihren Vater nich jeliebt hab, den Hintze, Gas, Wasser, Scheiße. Und Bodo? Der Bodo is doch keen richtiger Mann. Der is doch hormonsexuell.« Sie schaute zu Karl, schaute ihm in die Augen. »Isser det?«

»Ick kann ihn mal fragen«, sagte Karl und strich meiner Großmutter sehr sanft über die Friederike-Kempner-Frisur.

»Nee, bloß nich«, erwiderte sie und schluchzte wieder los. »Schlimm jenug, wenn er hormonsexuell is. Da muss man nich noch drüber sprechen.«

Karl nahm seine Geliebte in die Arme und brachte sie ins Bett. Sie beruhigte sich und genoss es, von ihm gehalten zu werden. Ich hielt es für gut möglich, dass er der erste Mann in ihrem Leben war, der solche Wirkung auf sie hatte.

Am nächsten Tag nach dem Mittagessen – Graupensuppe, ein weiteres Lieblingsessen von Karl – gingen wir zu dritt zum St.-Petri-Friedhof. Ich sollte mitkommen, denn es gab viel Arbeit, so meine Großmutter. Wenigstens trug Karl die hässliche Gießkanne. Ich wollte die Harke tragen, aber die gab Oma Otti nicht aus der Hand. Sie wirkte kraftvoll und selbstsicher. Nichts mehr von dem gestrigen Moralischen. Karl hingegen war wortkarg, fast verschlossen. Es schien nicht die passende Gelegenheit zu sein, etwas über seine Verbindungen zu den Weststudenten, die Nazis umbrachten, zu erfahren.

Am Eingang zum Friedhof kaufte meine Großmutter bündelweise Tannenzweige. Die hatte ich nun zu schleppen. Die Nadeln pikten mir ins Gesicht, während wir einige Grabstellen besuchten, um sie, wie Oma Otti es nannte, winterfest zu machen. Normalerweise wurden Gräber Ende November, am Totensonntag, winterfest gemacht, »aber dieset Jahr«, so Oma Otti, »da war bei mir soviel los, det war nich normal.« Lenchen Runkehl, Lotti Schneider, Else Kistenmacher, Elli Pagelsdorf – all die Schmöker-Bekanntschaften, die nur noch sehr selten ihre Wohnung verließen und die Grabpflegedienste meiner Großmutter in Anspruch nahmen, würden es ihr verzeihen. Sie hatten die Vernachlässigung wahrscheinlich gar nicht mitbekommen.

Schließlich waren wir an Rudis Urnenstelle angelangt. Karl lockerte auch hier die Erde mit der Harke auf, und ich legte Tannenzweige auf das Grab. »So«, sagte Oma Otti und legte noch ein paar Tannenzapfen als Schmuck dazu, »nun hat er't schön warm – und ooch weihnachtlich.«

Sie grinste ein bisschen vor sich hin, und ich erinnerte mich, wie Rudi »die janze Weihnacht« als überflüssiges Brimborium bezeichnet hatte. Das hatte er nun davon. »Im Frühjahr«, sagte Oma Otti, »pflanz ick ihm Stiefmütterchen und 'n paar Vergissmeinnich'. Dann is er mir wegen der Tannenzweige nich mehr böse.«

Natürlich bekamen auch »Maxe« Schmeling und Magda Wegner reichlich Nadelschmuck für die kalte Jahreszeit. »Die beiden Einsamen«, sagte Oma Otti und schmiegte sich an Karl. Und plötzlich fiel ihr etwas ein. Sie schickte mich los, neue Tannenzweige zu holen. Als ich zurück war, gingen wir geradewegs zur Urnenstelle Erich Winklers.

»Nu kuck dir det mal an«, sagte sie zu Karl. »Seit der Bestattung nischt jemacht worden. Wird bald jenauso verjammelt aussehen wie Magdas Grab, bevor ick mir da ranjemacht hab … Wat kann er dafür, dass er keen' hat, der 'n pflegt?«

Die Liebe, schien mir, hatte das Herz meiner Großmutter erstaunlich weit gemacht. Sogar der hässliche Karpfenkopp, wie sie Winkler noch vor wenigen Wochen genannt hatte, hatte darin Platz. Karl blickte sie zärtlich an und sagte: »Hast Recht, Otti. Letztlich kann er einem nur Leid tun.«

Auch bei meinen Eltern am Abendbrottisch war der Fall Fisch-Winkler wieder Thema. »Diese Oberleutnants …«, bemerkte mein Vater betont beiläufig und schüttelte den Kopf wie über etwas Unglaubliches.

Es war offensichtlich: Er hatte irgendetwas in der Hinterhand, mit dem er meine Mutter beeindrucken wollte. Ihre Aufmerksamkeit jedenfalls war sofort da.

»Was is denn mit denen?«, fragte sie, so, als würde sie es eigentlich überhaupt nicht interessieren.

Mein Vater ließ sich Zeit. »Na ja, ich kann dir sagen …«
Er wiegte bedeutungsvoll den Kopf hin und her.

Meine Mutter wusste, dass sie ihn mit Spott provozieren konnte: »Haben sie dich gebeten, die Bierflasche mit den Fingerabdrücken vorbeizubringen?«

Er bemühte sich seinerseits um Ironie: »Die klugen Herren sind doch auf Unterstützung nicht angewiesen. Die haben doch alles im Griff.«

Meine Mutter lächelte versonnen. »Tja, die sind wirklich gut. Gar keine Frage.«

Mein Vater mochte sich nun daran erinnern, wie seine

Frau die Lebkuchenherzen, die eigentlich für Weihnachten bestimmt waren, den beiden Oberleutnants angeboten hatte. Oder wie sie sogar ihre Haare geöffnet hatte.

»Tja, wirklich gut. Enorm gut.« Nun konnte er seine Trumpfkarte nicht mehr länger zurückhalten: »Jetzt haben sie endlich 'ne richtige Spur. Die Spur ist aber von selber gekommen.« Er kicherte. »Ist ihnen ins Büro geflattert. Ein Bekennerschreiben!«

»Wie? 'n Geständnis, oder was?«

»Kein Geständnis, ein Bekennerschreiben.«

»Was steht denn drin?« Meine Mutter wurde ungeduldig.

»Tja, was steht drin.« Mein Vater schüttelte wieder den Kopf, um zum Ausdruck zu bringen, dass er den Inhalt des Schreibens für geradezu unfassbar hielt. Natürlich wollte er vor allem ein höchstmögliches Interesse bei meiner Mutter auslösen. Als würde zumindest ein kleiner Teil dieses Interesses dann auch ihm, ihm persönlich gelten.

»Zunächst einmal«, sagte er, »ist es bemerkenswert, dass die Täter Buchstaben aus einer Zeitschrift ausgeschnitten und auf ein Blatt Papier, Größe DIN A4, geklebt haben. Das heißt, eine Analyse der Handschrift ist nicht möglich. Wenigstens weiß man inzwischen, dass die Buchstaben aus der westdeutschen Zeitschrift STERN stammen.«

»Wie? Die Täter sind aus 'm Westen?«

»Davon kann man ausgehen. Darüber gibt das Schreiben hinlängliche Auskunft. Ich habe mir den Text aus dem internen Kripo-Bericht abgeschrieben und auswendig gelernt. Die Schriften von Marx und Engels sind gar nichts dagegen.«

Obwohl er in der Polizeiausbildung nur Lehrhefte mit leicht verständlichen Zusammenfassungen gelesen hatte, waren für meinen Vater bisher keine Texte hochrangiger gewesen als die Schriften von Marx und Engels. Hatte sich das nun geändert?

»Wieso denn abgeschrieben und auswendig gelernt?«, fragte meine Mutter. »Hätte eins denn nicht gereicht?«

Mein Vater stutzte, überlegte kurz und sagte: »Na, sicher ist sicher. Jedenfalls, das Auswendiglernen war kein Pappenstiel, das kann ich dir sagen.« Nun räusperte er sich bedeutungsvoll – hätte nur noch gefehlt, dass er aufgestanden wäre, wie um ein Gedicht vorzutragen – und sprach dann den Text:

»Der revolutionäre Studentenbund KOMMUNE 25 der Freien Universität Berlin sieht sich genötigt, auch in der DDR die Überbleibsel der düsteren deutschen Vergangenheit zu beseitigen. Tod den Nazis!«

Nicht ein Mal hatte er sich verhaspelt.

»Das is 'n Ding«, sagte meine Mutter. Die Ironie war ihr vergangen. »Das is ja 'n dolles Ding.«

Mein Vater war stolz. Wie jemand, der seiner Geliebten soeben ein selbst erlegtes Stück Wild vor die Füße gelegt hat. Meine Mutter goss sich Tee mit Zitrone nach – jeden Abend gab es bei uns Tee mit Zitrone, und was davon übrig blieb, wurde im Laufe des nächsten Tages getrunken. Sie nahm einen Schluck, und plötzlich fiel ihr etwas ein: »Wie kommst 'n eigentlich darauf, dass das unbedingt die Täter sein müssen?«

Es war, als hätte sie das Stück Wild mit Füßen getre-

ten. Die Mundwinkel meines Vaters begannen zu zucken. Er musste sich bemühen, nicht die Beherrschung
zu verlieren. »Das ist 'n eindeutiger Indizienbeweis«, sagte er hilflos. »Falls du noch nie was von gehört hast. Außerdem, wer schreibt denn sonst so 'ne Texte?«

Während sich meine Eltern nunmehr anschwiegen,
fragte ich mich, wie ich an die Abschrift meines Vaters
aus dem Kripo-Bericht kommen konnte.

Mir gelang es, mitten in der Nacht wach zu werden,
und ich hatte Glück: In der Innentasche seiner Uniformjacke, die wie üblich an der Flurgarderobe hing, fand ich
neben seiner albernen Verdächtigen-Liste einen kleinen
zusammengefalteten Zettel, auf den er den Text notiert
hatte. Ich schrieb ihn ab und lernte ihn ebenfalls auswendig. Sicher ist sicher. Die Fragen, die sich aus dem Text
ergaben, ließen mich nicht einschlafen.

Erstens: Was bedeutet der Name KOMMUNE 25? Es
gab in Westberlin, das wusste ich, eine Kommune 1, in
der sehr langhaarige Studenten mit schönen Frauen
Gruppensex machten und gegen den Kapitalismus waren. Ich wusste es ausgerechnet aus der Zeitschrift
STERN, die, obwohl der Name mich das zunächst ver-
muten ließ, nichts mit der Sowjetunion zu tun hatte. Heino Meier hatte ein Exemplar seinen Eltern entwendet,
die es sich von Westverwandten als Schmuggelware hatten mitbringen lassen. Heino wollte eigentlich nur Jochen und Rita mit der Story über die wilden Studenten
imponieren, aber Jochen ließ auch mich und die anderen
vom Boxhagener Platz einen Blick hinein tun. Jochen
fand die Kommune 1 echt edel, wie er sich ausdrückte –
was Rita prompt zu dem Kommentar veranlasste, dass er

doch immer nur das eine im Kopf habe. »Genau«, sagte Jochen und fasste Rita zärtlich an den Hintern, was sie sichtlich genoss.

Zweitens, fragte ich mich: Was bedeutet eigentlich die 25? Waren die Mitglieder dieser Kommune alle fünfundzwanzig Jahre alt, oder waren es fünfundzwanzig an der Zahl? War das Mindestalter, wegen Gruppensex, fünfundzwanzig, oder durfte niemand, aus demselben Grund, über fünfundzwanzig sein? Oder aber: Sollten genau fünfundzwanzig Nazis um die Ecke gebracht werden?

Drittens: Wie würde sich nun die Kriminalpolizei verhalten? Denn offiziell gab es ja in der DDR keine Nazis. Denen wurden nach dem Krieg, wie es hieß, die verblendeten Augen geöffnet, oder sie waren in den Westen geflüchtet. Was nicht sein durfte, konnte nicht sein. Also konnten sie auch nicht umgebracht werden. Was sagte denn unsere Kriminalpolizei dazu?

Fragen über Fragen. Wie fern waren da inzwischen die Olympischen Spiele mit dem Geher Christoph Höhne und dem Boxer Manfred Wolke. Vor gerade mal sechs Wochen waren sie zu Ende gegangen. Das war schon ewig her.

20

Im Fernsehen hatte ich Bilder vom Vietnamkrieg gesehen: Die USA warfen Napalmbomben, vietnamesische Kinder flüchteten oder verbrannten. In der Schule sagte Frau Heinrich, wenn sie im Papierkorb ein weggeworfenes Butterbrot entdeckte: »Denkt an die armen Kinder in Vietnam. Die haben nichts zu essen.« Dieser Ausspruch tat seine Wirkung. Nur die Hartgesottenen, wie Ecki Manzke oder Harald Müncheberg, sagten: »Dann schickt doch unsere Stullen als Spende nach Vietnam.« Hinter vorgehaltener Hand sagten sie es, in einer Mischung aus Trotz und Unempfindsamkeit.

Im Fernsehen sah man auch Bilder von den Westberliner Studenten, die auf den Straßen unentwegt »Ho Ho Ho Chi Minh« riefen. Und schließlich war, wenn auch nur im Westfernsehen, immer wieder vom Prager Frühling die Rede. Dem Versuch, demokratischen Sozialismus aufzubauen, der von sowjetischen Panzern zerstört wurde, wie es hieß.

»Sind das wahre Kommunisten, die in der Tschechoslowakei demokratischen Sozialismus aufbauen wollten?«, fragte ich Karl. Wir saßen gemütlich auf dem Kanapee, während Oma Otti das Mittagsgeschirr abwusch.

»Richtig«, sagte Karl und pfiff anerkennend. »Du weißt ja schon ganz schön Bescheid.«

Daraufhin fasste ich mir ein Herz und fragte geradeheraus: »Hast du was mit der Kommune 25 zu tun? Oder zumindest dein Neffe aus Bayern?«

»Kommune 25, wo hast du das denn her?« Karl lachte auf, etwas verkrampft, wie ich fand.

Ich erzählte ihm von dem Bekennerschreiben, das mein Vater heimlich aus dem Kripo-Bericht abgeschrieben hatte und trug auch gleich den auswendig gelernten Text vor. Wie mein Vater ohne einen einzigen Verhaspler.

»Alle Achtung«, sagte Karl. »Kluge Jungs, die das geschrieben haben. Aber was soll ich mit dieser Kommune zu tun haben?«

»Du hast mir doch von den Studenten erzählt. Die Studenten von drüben. Die sich bei uns nach alten Nazis … und Fisch-Winkler um die Ecke …« Ich schwitzte vor Aufregung. »Weißte noch, als wir Sherry getrunken haben …«

»Siehste«, entgegnete Karl. »Man soll nich soviel Sherry trinken. Haste ja auch bei deiner Oma gesehen, nich war, mit ihrem Moralischen.«

Ich war enttäuscht. Warum wollte er nichts mehr davon wissen? »Wir können auch Oma fragen«, schlug ich vor. »Die ist ja dabei gewesen.«

»Nich so laut.« Karl wies mit einer Kopfbewegung zur Küche hinüber, aus der Geschirrklappern zu hören war. Dann sagte er: »Weißte, mein Junge, ick hab mich an unserm Sherry-Abend 'n bisschen weit aus 'm Fenster gehängt, verstehste? Ick hab nich damit gerechnet, dass du alles so für bare Münze nimmst und so schwache Nerven hast.«

»Was hat das mit schwachen Nerven zu tun?«, empörte ich mich.

»Nich so laut, hab ick gesagt!« Karl schaute mir in die Augen, sehr ernst schaute er plötzlich. Und flüsterte eindringlich: »Du musst das alles für dich behalten. Kein Wort zu niemand. Vor allem auch nich zu deiner Oma. Du machst sie nur unnötig nervös mit solchen Sachen. Wirste ja schon gemerkt haben, nich wahr. Also, kein Wort! Schwörste mir das?«

Noch mal fasste ich mir ein Herz, ein sehr großes. »Na gut«, flüsterte ich. »Einverstanden. Aber: Was bedeutet die Fünfundzwanzig?«

»Das is ja Erpressung«, entgegnete Karl. Wieder lachte er, doch nun schon etwas entspannter. Dann holte er tief Luft. »Na gut. Also: Die Fünfundzwanzig bedeutet, dass 1925 ein ganz besonderes Jahr war. Da taten wir … also diejenigen Kämpfer, die vom Spartakusbund lebendig übrig geblieben waren … uns wieder zusammen, um Arbeiterstreiks anzuzetteln …«

»Ach so, die Jahreszahl. So einfach.« Und ich hatte an Gruppensex gedacht. Aber das sagte ich nicht.

»Richtig, die Jahreszahl. Und jetzt, mein Junge, reicht es. Wir wollen das Thema in Zukunft ruhen lassen.«

Schade. Aber ich konnte zufrieden sein. Mehr als zufrieden. Zum zweiten Mal hatte Karl mein Geheimwissen bereichert. Ob seine Information nun stimmte oder nicht, ich nahm mir vor, sie bei mir zu behalten. Je weniger etwas darüber wussten, desto besser. Womöglich würden noch die Bullen davon Wind bekommen und ihn verhaften. Und ich hätte den interessantesten Gesprächspartner der Welt verloren. Wäre ja schön blöd. Ich hob meine rechte Hand, legte Zeige- und Mittelfinger aneinander und sagte nicht weniger ernst, als Karl mich angeschaut hatte: »Ich schwöre.« Kaum hatte ich die Hand wieder unten, kam Oma Otti ins Zimmer und fragte: »Na Kalle, noch 'n Kaffe? Holger, 'n Glas Saft?«

Am nächsten Tag, dem 13. Dezember, war wie jedes Jahr Pioniergeburtstag, und unsere Direktorin, Frau Kretschmar, stahl uns die Hofpause, um in der Aula eine Ansprache zu halten. Auch sie trug einen Dutt. Der Dutt war frisch frisiert, und nach nur zwei oder drei Minuten war sie schon bei ihrem Lieblingsthema, dem Kommunismus.

»Als ich nach dem Krieg mit Anfang zwanzig Neulehrerin wurde«, sagte sie mit ihrer immer etwas zu hohen Stimme, »und kaum mehr wusste als meine Schüler, da hat mir der Glaube an den Kommunismus die Kraft gegeben, alle Schwierigkeiten und Widerstände zu bewältigen.«

Ich hätte am liebsten Amen gesagt. Aber ich traute mich nicht.

»Ick kann mir unter Kommunismus nischt vorstellen«, flüsterte mir Burkhard Stolle zu. »Oder kannst du dir vorstellen, dass jeder kriegt, wat sein Bedürfnis is?«

Jedem nach seinen Bedürfnissen, so lautete einer der Grundsätze für den Kommunismus. Wie sollte ich mir das vorstellen können? Wenn es mal so weit sein würde, sagte ich mir, dann würde ich es ja wohl merken. Bloß, wann sollte es so weit sein?

»Schon eure Kinder«, rief Frau Kretschmar den versammelten Schülern zu, »werden im Kommunismus aufwachsen. Wie sagt doch der Genosse Walter Ulbricht? Wir werden den Kapitalismus überholen, ohne ihn einzuholen. Überholen ohne einzuholen!«

»Meine Kinder werden dann alle 'nen dicken Mercedes fahren«, sagte Burkhard zu mir. »Aber den dicksten, den werd ick selber fahren. Is jedenfalls mein Bedürfnis.«

»Könnt ihr nicht mal den Mund halten?«, ermahnte uns Marita Fuchs, die Tochter des Parteisekretärs vom Glühlampenwerk, die direkt hinter uns saß.

»Klappe«, erwiderte Burkhard und wandte sich wieder an mich: »Aber mein Alter, wenn der ooch 'nen Mercedes fährt, dem zerstech ick täglich drei Mal die Reifen.«

»Dann kommste in 'n Knast«, sagte ich. »Oder denkste, im Kommunismus gibt's keinen Knast mehr?«

»Nur wenn einer's Bedürfnis hat, im Knast zu sein, kommt er ooch in 'n Knast«, sagte Burkhard.

Seine Schlussfolgerung war irgendwie bestechend, aber sie war nur eine Art Eröffnung für die Darlegung, die nun folgte: »Eigentlich hoffe ick aber, 's is noch sehr lange hin bis zum Kommunismus. Ick meine wegen meinem Alten. Damit der wieder einfahren kann. Ab in 'n Knast mit dem. 's is nämlich so: Der säuft nur noch zu Hause. Gleich wenn er von Arbeit gekommen is, geht's los. Und wenn er voll is, heult er sich bei meiner Mutter aus. Dass sein Leben verpfuscht is und sowat alles. Und wenn er mich sieht, schreit er mich an. Hau ab, du Idiot, schreit er, und manchmal wirft er mit 'nem Hausschuh nach mir oder ... mit 'ner Bierflasche. Begreifste? Der heult über sein verpfuschtes Leben ... Is doch 'n klarer Hinweis!«

Ich hielt es für undenkbar, dass Karl-Heinz Stolle etwas mit der KOMMUNE 25 zu tun hatte. »Er war's nicht«, flüsterte ich Burkhard zu. »Er war nicht der Mörder.«

»Wieso denn nich?«, entgegnete er, schon leicht wütend. »Hast doch selber gesagt, ick soll ihn beobachten.«

»Mein Gott!«, stöhnte ich. Und nun ließ ich mich zu einem Fehler hinreißen: »Frag ihn einfach nach der Kommune 25, und er wird nur doof aus der Wäsche gucken.«

»Hä? Kommune 25?« Burkhard sprach derart laut, dass ihn nicht nur Marita Fuchs, sondern mindestens unsere ganze Klasse hörte.

»Idiot!«, raunte ich ihm zu. »Sei bloß leise.«

»Holger Jürgens!«, rief Frau Kretschmar. »Jetzt reicht es aber. Bitte verlass die Aula, aber sofort! Wir sprechen uns später.«

Ich stand auf, bemüht, nicht zu schnell und nicht zu langsam zu sein. Ohne auch nur ein Mal zur Seite zu schauen, ging ich durch den Mittelgang zur Tür, während die Direktorin mit ihrer Rede innehielt. Meine Knie begannen zu zittern, aber da sah ich aus den Augenwinkeln, wie Annegret Peters mir bewundernd zuzwinkerte. Für die Zeit, bis ich aus der Aula war, zitterte ich nicht mehr.

In den folgenden Tagen konnte ich mich vor Burkhard Stolle nicht mehr retten. Er behauptete unumstößlich, sein Vater wäre förmlich zusammengezuckt, als er, Burkhard, wie ganz nebenbei den Namen KOMMUNE 25 fallen gelassen hatte. Der Vater lötete gerade am Radioapparat herum, den er am Vorabend im Suff – aber absichtlich, wie Burkhard betonte – von der Flurkommode gestoßen hatte. Der Lötkolben verrutschte ihm vor

Schreck und zerstörte ein Lautsprecherkabel, doch der Vater fluchte überhaupt nicht, nicht mal auf Burkhard, geschweige denn, dass er ihn verprügelte. »Wenn das nich 'n Beweis is«, sagte Burkhard.

»Vergiss das mit dieser Kommune«, erwiderte ich. »Den Quatsch hab ich mir nur ausgedacht.«

Burkhard aber wollte mir nicht glauben. Er verfolgte mich bis auf den Boxhagener Platz und sagte: »Ick will dein Freund sein.«

Das klang wie eine Drohung, und ich sagte: »Das kann man doch nicht einfach beschließen.«

»Kann man«, sagte Burkhard. Und dann mit einem ernsten, traurigen Blick in meine Augen: »Haste dir's wirklich nur ausjedacht?«

»Ja«, log ich erneut. Trotzdem nahm ich Burkhard das Versprechen ab, niemandem etwas von dieser erlogenen Organisation zu erzählen. Ich konnte nur hoffen, dass er verlässlicher sein würde als ich, und versprach ihm meinerseits, meinen Vater auf seinen Alten anzusetzen.

Ich sagte meinem Vater kein Wort davon. Stattdessen beorderte mich Frau Kretschmar zu sich. Ich hatte schon gehofft, die Sache in der Aula hätte kein Nachspiel mehr. Sie ließ mich in der Sitzecke ihres Direktorenzimmers Platz nehmen und wühlte in irgendwelchen Papieren auf ihrem Schreibtisch. Sie wollte mich weich kochen, keine Frage. Ich hatte das Gefühl, immer mehr in den großen, weichen Polsterkissen zu versinken und entschloss mich zu vorauseilender Reue.

»Mein schwatzhaftes Verhalten in der Aula ist mir sehr unangenehm. Dafür wollte ich mich sowieso schon bei Ihnen entschuldigen.«

Frau Kretschmar sah überrascht von ihren Papieren auf. »Holger«, sagte sie, »diese Erkenntnis freut mich sehr. Für deine Entschuldigung bedanke ich mich. Aber vor allem wollte ich mit dir über etwas anderes sprechen.«

O Gott, ich hatte es schon geahnt. Sie setzte sich neben mich in die Sitzecke und sagte in vertraulichem Ton: »Der Begriff Kommune, Holger, wird heute leider von kleinbürgerlich-anarchistischen Kräften benutzt, die damit, ob willentlich oder nicht, die wahren Interessen der Arbeiterklasse verraten.«

Dass die Gruppensex-Kommune Nummer 1 anarchistisch war, also alle möglichen Regeln missachtete, das schien mir klar. Aber kleinbürgerlich? Kleinbürgerlich waren für mich die Spießer, die Sonntag vormittags am Boxhagener Platz ihre Trabants oder Wartburgs wuschen und sich fürchterlich aufregten, wenn ein Ball nach fehlgeschlagener Flanke die Karosserie auch nur berührte. Ich rechnete damit, dass Frau Kretschmar nun auf die KOMMUNE 25 kommen würde, und entschloss mich wieder zu einer vorbeugenden Maßnahme. »Geht mir immer wieder so«, sagte ich, »dass ich Begriffe aufschnappe und gar nicht mehr weiß, wo und von wem, geschweige denn, was sie eigentlich bedeuten.«

»Ja«, sagte Frau Kretschmar. Das schien ihr einleuchtend. »Und die Pariser Kommune?«

Ach Gott, wo sollte es denn jetzt hingehen? »Hab mal von gehört«, sagte ich und beeilte mich hinzuzufügen: »Aber in Geschichte ist es noch nicht dran gekommen.«

»Die Pariser Kommune«, erklärte Frau Kretschmar enthusiastisch, »war 1871. Die erste proletarisch-revolutionäre Erhebung der Weltgeschichte. Das Tragische war, dass es dafür keine entsprechende revolutionäre Situation gab und die Kommune deshalb scheitern musste.«

So stand es sicherlich im Geschichtslehrbuch, änderte aber nichts daran, dass ich wie auf Kohlen saß.

»So, und die Studenten aus dem Westen«, fuhr die Direktorin fort, »vereinigen sich in ihren so genannten Kommunen und wollen den Kapitalismus stürzen. Aber eine revolutionäre Situation ist auch bei ihnen nicht gegeben. Der Kapitalismus sitzt immer noch zu fest im Sattel seiner Macht. Noch! Was ist deine Meinung dazu?«

Ich stellte mir den Kapitalismus als einen ungeheuer zähen Jockey auf einem verzweifelt wilden Rennpferd vor. Das war natürlich keine Meinung. Zum Glück fiel mir etwas ein, das in Frau Kretschmars Augen nicht falsch sein konnte. »Die Studenten«, sagte ich, »müssten Marx und Lenin lesen.«

»Das tun sie«, sagte Frau Kretschmar mit einem beifälligen Lächeln. »Aber sie verstehen sie nicht richtig.«

»Sie müssten Lehrer haben«, sagte ich, »die es ihnen richtig erklären.«

Frau Kretschmar schaute mich begeistert an. Ihre Augen leuchteten. »Was für einen Beruf, Holger, möchtest du später einmal ergreifen?«

Ich wusste es nicht, und Lehrer konnte ich nicht sagen. Das wäre mir allzu dick aufgetragen vorgekommen. »Polizist«, log ich, in der Hoffnung, mit diesem sozusagen sehr sozialistischen Berufswunsch endlich ihr Dienstzimmer verlassen zu dürfen.

Frau Kretschmar jedoch reagierte beinahe entrüstet. »Polizist? Holger, dafür bist du ein viel zu kluger Junge!

Unsere Gesellschaft braucht Wissenschaftler, die nach den Sternen greifen. Oder auch Lehrer, die alles richtig erklären können. Nur so können wir den Leitspruch des Genossen Walter Ulbricht ›Überholen ohne einzuholen‹ Wirklichkeit werden lassen ... Weißt du was, Holger« – sie machte eine Pause, um den nun folgenden Gedanken gebührend zu betonen – »man kann ganz Großes vollbringen im Leben, aber man muss vor allen Dingen daran glauben. Der Glaube kann nicht nur Berge, sondern Gesellschaften versetzen. Das ist dann der revolutionäre Glaube.«

Das war eine Feststellung, die keinen Widerspruch duldete, auch wenn sie ohne Zweifel ein Widerspruch war: Denn vielleicht hatten die Studenten aus dem Westen einen noch stärkeren Glauben als Frau Kretschmar. Und da sollte es nicht klappen mit der Revolution? Immerhin, ich durfte nun gehen. Ich hatte mir allerhand über Kommunen anhören müssen, aber zum Glück nicht in Verbindung mit der 25. Darüber war ich heilfroh.

Auf dem Schulflur fing mich Annegret Peters ab. »Na, wie war die Aussprache?« Annegret war voller Erwartung. Da konnte ich sie natürlich nicht enttäuschen.

»Ich sollte mich entschuldigen«, sagte ich. »Für mein Gequatsche in der Aula. Hab ich aber nicht. Hab gesagt, warum soll man denn nicht quatschen, wenn 'ne Rede so langweilig ist.«

»Nee.« Annegret konnte es nicht fassen.

»Doch«, sagte ich und musste plötzlich an das Goebbels-Motto denken: Die absolute Lüge ist die beste Lüge. Mein Gott, dachte ich, verhalte ich mich schon wie der Propagandaminister des Dritten Reiches? Bin ich soweit schon gekommen?

»Du bist ja richtig rebellisch«, stellte Annegret fest und verglich mich im Geiste sicherlich mit den Studenten vom Ku'damm.

Hoffentlich nicht mit den Gruppensex-Experten, dachte ich mit wachsender Beklemmung, die auch nicht kleiner wurde, als Annegret plötzlich grinste und sagte: »Du bist richtig süß, weißte das?«

Was wollte sie von mir? Sie war einen halben Kopf größer als ich und hatte an Jochens tätowierter Nixenbrust gekuschelt. Sie hatte schon richtige Brüste und ziemlich große obendrein. Wenigstens trug sie keinen Dutt.

Bloß weg! Ich wandte mich schnell von ihr ab und ging davon, bevor sie meinen roten Kopf sehen konnte.

21

Während mich Annegret, wann immer sich unsere Blicke trafen, bewundernd anlächelte, ansonsten aber Gott sei Dank in Ruhe ließ, rückte mir ausgerechnet Marita Fuchs auf die Pelle.

Wie zufällig schlenderte sie am Boxhagener Platz entlang, als ich mit meinem Fußball unterm Arm auf dem Nachhauseweg war.

»Hallo, grüß dich. Hab grad 'nen Spaziergang gemacht.«

Sie wohnte in der Frankfurter Allee. Am Boxhagener Platz hatte ich sie noch nie gesehen.

»Hallo«, antwortete ich und legte einen Schritt zu.

»Warum«, fragte sie, ohne auch nur einen Zentimeter zurückzufallen, »bist du in letzter Zeit so rebellisch?«

Rebellisch. Schon wieder dieses Wort. Hatte sie es von Annegret Peters? Oder hatte vielleicht ihr Vater, der Parteisekretär vom Glühlampenwerk, ihr aufgetragen, mit mir eine Aussprache zu führen? Gegen Marita Fuchs, konnte ich mir lebhaft vorstellen, war Frau Kretschmar in puncto Aussprache ein regelrechter Waisenknabe.

»Hast du Probleme mit deinem Vater?«, fragte sie weiter.

»Nein«, log ich.

»Du hast es gut«, sagte sie.

Wie? Hatte sie etwa Probleme mit ihrem Vater? Ich guckte sie überrascht an. Grund genug für Marita Fuchs, schnell einen Rückzieher zu machen: »Ich meine, du hast es gut, weil es mir immer so vorkam, dass du mit deinem Vater nicht klarkommst.«

»Neenee«, erneuerte ich meine Lüge, »der ist ziemlich in Ordnung.«

Marita Fuchs nickte vor sich hin und blieb an meiner Seite. Wollte sie mich bis nach Hause begleiten? Wollte sie bei mir zu Hause, nicht nur mit mir, sondern auch mit meinen Eltern, die Aussprache führen?

»Mensch, Marita«, rief ich aus, als wäre mir plötzlich etwas Unumgängliches eingefallen. »Ich muss noch schnell zu meiner Oma. Der geht's nicht gut.«

Ich rannte sofort los, hätte mich allerdings nicht gewundert, wenn Marita Fuchs mir hinterhergerannt wäre. Nach einem halbstündigen Umweg und ziemlich außer Puste kam ich bei mir zu Hause an.

Am nächsten Tag jedoch, in der Hofpause, lauerte mir Marita vor dem Jungsklo auf. Ich kam gerade vom Pinkeln und war kaum wieder auf dem Schulflur, als sie mich zurückschob. »Ich muss dir was zeigen«, flüsterte sie mir zu und drängte mich in eine Klokabine.

»Ich guck doch jedes Jahr nach meinen Weihnachtsgeschenken«, begann sie mit zitternder Stimme und in Höchstgeschwindigkeit. »Die liegen immer bei uns im Keller, in der Werkzeugsammlung von meinem Vater. Jedes Jahr. Hat er noch nie mitgekriegt, dass ich da heimlich nachgucke. Letzte Woche guck ich also wieder nach, und was sehe ich?« Sie sagte nicht, was sie gesehen hatte, sondern zog es unter ihrem Rock hervor. »Da. Ist das nicht eklig?«

Ein Heft. Ein Heft mit zwei nackten Frauen und einem nackten Mann. Splitternackt. Marita Fuchs blätterte in dem Heft, sodass ich Seite um Seite sehen konnte. Der Mann und die beiden Frauen in immer neuen Verrenkungen. Stellungen. So nannte man das. Aber gesehen hatte ich so etwas noch nie. Sollte es sich bei diesem Heft um das Weihnachtsgeschenk für Marita Fuchs handeln? Kaum denkbar.

»Guck mal«, sagte sie, »was der für 'nen Riesenschwanz hat. Igittigitt.«

In diesem Moment kam jemand ins Klo. Das wäre nicht so schlimm gewesen, doch Marita Fuchs drückte mir prompt ihren Zeigefinger auf den Mund, während ich auf den Riesenschwanz starrte. Würde meiner auch so groß sein, wenn er mal steif sein sollte? Unvorstellbar. Ich lauschte unwillkürlich dem Pinkelgeräusch – mein Gott, wie das plätscherte –, spürte immer heftiger Maritas Finger auf meinem Mund und meinen Schwanz auf Knöpfchengröße zusammenschrumpfen. Fehlte nur noch, dachte ich mit Schrecken, der nächste Klobesucher ginge in die Kabine nebenan und holte sich einen runter. Sich einen runterholen – so war der Fachbegriff, den die aus der Neunten oder Zehnten verwendeten. Oder: Sich einen von der Palme juckeln. Sie prahlten mit drei- oder viermal hintereinander. Oder forderten sich gegenseitig zum Wettewichsen auf, natürlich mit Schwanzgrößenvergleich. So ging das zu in der Neunten und Zehnten. Schöne Aussichten.

Kaum hatte das Pinkeln aufgehört, und wir waren wieder allein im Klo, stellte Marita fest: »Das Rohr, das der hat, ist mindestens zwanzig Zentimeter lang. Vielleicht auch dreißig.« Jetzt erst nahm sie ihren Finger von meinem Mund. Ich hatte die Luft angehalten und musste kräftig ausatmen. Mein Kopf war sicherlich puterrot. Marita sagte: »So von den Socken, wie du grade aussiehst, hab ich garantiert auch ausgesehen ... beim ersten Anblick.«

Und plötzlich, geradezu übergangslos fing sie an zu heulen. »Das ist doch westlicher Schmutz. Das hätte ich nie gedacht von meinem Vater. Der hat sie doch erfunden, die sozialistische Moral. Der ist doch 'n Hundertfünfzigprozentiger. Hab ich immer gedacht.« Sie hielt kurz inne, um dann aber richtig laut weiterzuheulen. »Nichts ist so, wie man denkt. Nichts, nichts, nichts.« Auf einmal jedoch mischte sich ein Lachen, ein glucksendes Lachen in ihr Heulen. »Das Heft kriegt er nicht wieder«, frohlockte sie. »Kriegt er nicht, kriegt er nicht.«

Leider hatte sie, wie sie mir am nächsten Tag auf dem Schulhof berichtete, die Rechnung ohne ihre Mutter gemacht. Die Mutter nämlich stellte Marita unter vier Augen zur Rede und behauptete, der Vater hätte das Heft – das gefährliche Pornoheft, wie die Mutter sagte – im Glühlampenwerk gefunden und zur Sicherheit mit nach Hause gebracht. Marita wagte nicht zu widersprechen und musste ihr das Heft aushändigen. »Zur Sicherheit, dass ich nicht lache«, sagte sie zu mir und fing wieder an zu heulen. »Und dann«, fuhr sie fort, »dann meckerte sie mit mir: Was ich auch im Keller zu suchen habe, ob ich etwa nach meinem Weihnachtsgeschenk geschnüffelt hätte. Ich soll mich mal nicht wundern, wenn ich diesmal gar nichts zu Weihnachten bekomme.« Erneut hielt Marita inne, für höchstens zwei Sekunden, um dann mit zitternder Stimme zu schluchzen: »Der versteckt 'n Pornoheft, und ich krieg nichts zu Weihnachten.«

Aber damit nicht genug. Sie schlang auch noch die Arme um meinen Hals. Musste sie sich festhalten, weil das Schluchzen soviel Kraft kostete? Wenigstens war sie nicht größer als ich, und Brüste waren bei ihr kaum vorhanden.

Natürlich sah uns die halbe Schule, und in der Klasse galten wir plötzlich als Paar.

»Die gehen mit'nander«, hörte ich Lilo Müller zu Lisa Mundzeck sagen. Es klang nicht nur abschätzig, sondern auch belustigt. Als hätten sich zwei Schwachsinnige gefunden, die gemeinsam den Nobelpreis erringen wollten. Annegret Peters jedoch würdigte mich keines Blickes mehr.

»Hätt ich nie gedacht«, sagte mir dagegen Ecki Manzke nicht ohne Bewunderung. »Du und die Parteisekretärsschnecke.« Zum ersten Mal bot er mir eine Zigarette an. Ich nahm sie und steckte sie mit einem betont lässigen »Für später« in meine Hemdtasche. Vor der ganzen Schule auf einmal zu den Rauchern zu gehören, wäre mir doch zu billig gewesen.

Am nächsten Morgen wartete Marita Fuchs vor meiner Haustür, damit wir gemeinsam zur Schule gehen konnten.

»Gestern, am späten Abend«, begann sie emsig zu berichten, »weißte, was ich da höre ... aus 'm Schlafzimmer meiner Eltern?« Natürlich wusste ich es nicht, aber in

153

welche Richtung es jetzt gehen würde, konnte ich mir schon ungefähr vorstellen. »Komm, mach mal das Bein weiter zur Seite, sagte mein Vater, ja, so ist gut. Das andre auch, ja, prima, wunderbar. Und den Arsch schön zu mir. Höher, bisschen höher. Streck ihn richtig raus. Ja, so ist gut. Oh, ja, so ist gut … Und meine Mutter auf einmal: Oooooh, ist der tief drin. Ist der schön tief drin. So tief war der ja noch nie drin …«

Mein Kopf war wieder puterrot, während Marita mit zitternder Stimme ihren Bericht beendete: »Ist das nicht eklig? Ist das nicht furchtbar eklig? Noch nie hab ich sie so gehört. Ich musste mir die Ohren zuhalten und in mein Zimmer rennen.«

Porno, dachte ich nur, Porno beim Parteisekretär. Marita Fuchs bestätigte prompt, als hätte sie meinen Gedanken erfasst: »Das ist … alles ist das nur wegen diesem Pornoheft. Von wegen zur Sicherheit. Toll finden die das, richtig toll …«

Wir gingen schweigend nebeneinander her, ich mit unverändert rotem Kopf. Nach zwanzig, dreißig Metern hatte sich Marita wieder einigermaßen beruhigt. »Mit einer sozialistischen oder sogar kommunistischen Haltung«, sagte sie, »hat das jedenfalls nichts zu tun. Oder?«

»Ja«, sagte ich und nickte beflissen, aber nur weil Marita mich sehr erwartungsvoll anschaute.

Sie kam näher an mich heran und raunte mir zu: »Ich würde die gerne mal kennen lernen … die wahren Kommunisten … die bei uns im Verborgenen sind …« Mit einem fordernden Unterton fügte sie hinzu: »Du kennst die doch. Oder?«

Das hatte ich jetzt davon! Hätte ich doch nur meine

Klappe gehalten! Vielleicht, dachte ich, sollte ich Marita erklären, dass die wahren Kommunisten sich stapelweise Pornohefte anguckten und alle möglichen Stellungen nachahmten. Aber sicherlich, dachte ich, würde sie mir keine Silbe glauben und mich einen schamlosen Lügner schimpfen.

Um so erstaunter war ich, als sie selbst davon anfing: »Die wahren Kommunisten ... hast du doch erzählt in der Klasse ... die Studenten, die im Westen die Universitäten stürmen ... mit ihren Kommunen oder wie das heißt ... Kommune 25, hast du doch gesagt in der Aula ... Gruppensex und sowas machen die doch, hab ich mal gehört ... Und bei uns? Wo stecken die bei uns?«

Was war nur los mit ihr? War sie vielleicht gegen bestimmte Stellungen, aber nicht gegen Gruppensex? Plötzlich griff sie meine Hand und blieb stehen. »Sag's doch mal. Bitte!«

Ich schwitzte heftig und stotterte hilflos: »Das ... das ... darf ich nicht sagen.«

Nein! Wie konnte ich nur? Maritas Augen leuchteten, wie mir schien, sehr ungeduldig, aber auch schon siegesgewiss.

»Wir sind doch ein Paar«, setzte sie drängend nach, »oder nicht?« Sie zog mich dicht an sich heran. Plötzlich sah ich unzählige schwarze Punkte auf ihrer schmalen, spitzen Nase, die ich mir zuvor noch nie so richtig angeschaut hatte. Mitesser. Sobald meine Mutter mal einen bei mir entdeckte, drückte sie ihn mit Wonne aus.

»Nun sag's schon!«, forderte Marita. Prompt schob sie mich in den nächst gelegenen Hausflur und fügte hinzu: »Dann küsse ich dich auch.«

Das konnte meine Rettung sein. Schnell und eindeutig sagte ich: »Nein! Ich möchte dich nicht küssen.«

»Warum nicht?«, entgegnete Marita verständnislos.

»Lass mich in Ruhe!«, schrie ich sie an und verließ schleunigst den Hausflur.

Marita kam mir nicht hinterher. Sie kam eine halbe Stunde zu spät zur Schule – das erste Mal überhaupt, dass sie zu spät kam – und würdigte mich keines Blickes mehr.

Stattdessen verbreitete sie in der ganzen Juri-Gagarin-Oberschule, dass ich wissen würde, wo es bei uns – in unserm sozialistischen Land, wie sie sagte – Gruppensexkommunen gibt. Bei jeder Anfrage, ganz gleich, ob sie nun aus der dritten oder zehnten Klasse kam, blieb mir nichts anderes übrig, als mit größter Empörung abzustreiten. Jedes Mal bekam ich einen roten Kopf, den ich damit begründete, dass mir diese furchtbare Unterstellung unendlich peinlich sei.

Heilfroh war ich, als am 22. Dezember endlich die Weihnachtsferien begannen.

22

Seit ich denken konnte, war ich am Heiligen Abend mit meinen Eltern allein. Am Nachmittag des ersten Weihnachtsfeiertages gingen wir gewöhnlich zu meiner Großmutter und blieben dort ein, zwei Stunden. Diesmal sollte alles anders sein: Oma Otti bestand darauf, dass die ganze Familie den Heiligen Abend bei ihr beging.

Nicht sie, sondern Karl öffnete uns die Tür, als wir um Punkt vier, wie verabredet, da waren. Er trug eine neue Baumwollstrickjacke – das Preisschild war noch dran, der Preis mit Kugelschreiber übermalt –, und das Dunkelblau der Jacke entsprach genau der Farbe seiner Augen.

»Herzlich willkommen«, sagte er und trat mit einer sehr einladenden Armbewegung zur Seite.

»Hallo«, sagte meine Mutter mit weicher, beinahe flirtender Stimme und ging an ihm vorbei in die Wohnung.

»Klaus-Dieter Jürgens«, stellte sich mein Vater vor, reichte Karl die Hand und fügte mit betont guter Laune hinzu: »Wir kennen uns natürlich vom Sehen, aber hatten persönlich noch nicht das Vergnügen.«

»Na, Gott sei Dank«, scherzte Karl. »Wer will schon mit der Polizei zu tun kriegen?« Er nahm die Hand meines Vaters und schüttelte sie.

Mich hingegen begrüßte er wie einen alten Vertrauten, zu dem man aber vor anderen eher Zurückhaltung übt.

»Willkomm' bei uns«, rief Oma Otti und kam aus dem Wohnzimmer. Sie betonte das ›uns‹ und umarmte meine Mutter, meinen Vater und mich gleichermaßen herzlich.

»Mein Weihnachtsjeschenk für ihn«, sagte sie und deutete auf Karls Strickjacke. »Sollt er schon mal anziehen. Kommt aber zur Bescherung wieder unter 'n Weihnachtsbaum. Nich wahr, Kallemaus?«

Kallemaus. Karl schien dieser Kosename sehr zu gefallen. Stolz schniefte er durch seine große, großporige Nase.

»Und wisst ihr, wat er mir jeschenkt hat?«, fuhr Oma Otti kichernd fort. »Ihr gloobt et nich.«

»Nu verrat doch nich gleich alles«, sagte meine Mutter. Aber Oma Otti ließ sich nicht bremsen, schon gar nicht von ihrer eigenen Tochter.

»Er sagte, die ollen Liebestöter, die du immer anhast, die müssen doch nich sein. Und schenkt mir richtje schöne neue Schlüpper. Hier kuckt se euch an.«

Fünf weiße Damenunterhosen lagen nebeneinander unter der über und über mit Lametta bedeckten nackten Kiefer. Meine Mutter staunte. Ich hatte den Eindruck, dass besonders sie sich über so ein Geschenk gefreut hätte. Mein Vater schenkte nur immer Tier- oder Kochbücher, in die sie ein paar Mal hineinschaute, um sie dann für immer wegzulegen. Nun stellte er die große Zellophantüte mit unseren eingewickelten Geschenken neben die Unterwäsche und sagte: »Also, ich finde, also wirklich: Mit dem vielen Lametta sieht der Weihnachtsbaum gar nicht schlecht aus.«

»Da kommen mir aber keene Kerzen mehr ran«, sagte Oma Otti ganz entschieden, während meine Mutter die Lebkuchenherzen aus dem Butterbrotpapier wickelte und das Papier ordentlich zusammenfaltete, um es wieder verwenden zu können.

Oma Otti ging in die Küche und holte die Packung Jacobs-Kaffee, »Jacobs Krönung«, die sie von Karl geschenkt bekommen hatte, aus der Geschirrkommode. Sie öffnete sie behutsam mit der Küchenschere und tat sechs genau bemessene Teelöffel voll in die Kanne mit dem Goldrand, die »jute Kanne«, die nur für besondere Anlässe benutzt wurde. »Einen Löffel für mich ... zwei für deine Eltern, einen für Karl, einen für Bodo ... einen für de Kanne ... Mein Jott, Bodo, wo bleibste denn nur?«

Sie sah mich an, als würde sie von mir die Antwort erwarten. Aber sie wollte keine Traurigkeit zulassen, nicht heute am Heiligen Abend. »So«, sagte sie zu mir, »und du kriegst 'ne schöne Tasse Kakao. Kannste dir selber machen.«

Ich holte mir Milch und Nesquick – das kostbare Trinkpulver aus dem Westen – aus der Speisekammer, und zur Feier des Tages nahm ich mir zwei gehäufte Teelöffel für eine Tasse. Meine Mutter war inzwischen in der Küche und fragte Oma Otti flüsternd: »Sag mal, diese Unterhöschen ... Will Karl eigentlich noch ran bei dir?«

»Will er«, sagte Oma Otti unumwunden und wie selbstverständlich.

Meine Mutter nickte anerkennend. »Na ja, mit achtzig ... Alle Achtung.«

»Renate«, sagte Oma Otti, »ick würd gern noch mit 'm Kaffe 'n bisschen warten.«

Meine Mutter wusste sofort, um wen es ging. »Der kommt nich«, erwiderte sie. »Der is wieder mal beleidigt bis in die Steinzeit.«

»Ick war doch noch vor'je Woche bei ihm. Und hab ihm jesagt, wat er mir für 'ne große Freude machen würde … Und da hat er 't mir versprochen …«

Die Traurigkeit hatte Oma Otti nun doch gepackt. Und meine Mutter war schon wieder und ziemlich plötzlich auf Hundertachtzig.

»Jetzt is es halb fünfe. Is er nu gekommen oder nich? Hat er dir nu die Freude gemacht oder nich?« Sie machte eine Pause, um mit einer unbestreitbaren Feststellung abzuschließen: »Aber wir sind hier: Deine Tochter, dein Schwiegersohn und dein Enkel.«

Oma Otti nickte und schaute uns an, als würde ihr jetzt erst bewusst werden, wer wir eigentlich sind. In diesem Moment klingelte es.

»Da is er«, jubelte sie.

Er war es tatsächlich, aber er war nicht allein. An seiner Seite stand ein sehr langer, dünner Mann mit schulterlangen Haaren. Er war etwa halb so alt wie Bodo, höchstens dreißig, trug eine Brille mit runden randlosen Gläsern und, ebenso wie mein Onkel, eine Wollmütze.

»Das ist mein Freund Berthold, das ist meine Mutter«, stellte Bodo die beiden einander vor.

»Schön«, sagte Oma Otti erfreut. Es war aber auch allerhand Freude nötig, um das Entsetzen zu überspielen. Ein Freund! Ein Langhaariger! Ein Hormosexueller! »Na, dann werd ick mal noch 'n Löffel inne Kanne tun.«

Karl eröffnete das Gespräch, als wir alle am Wohnzimmertisch bei Kaffee, Kakao und Lebkuchenherzen saßen. »Was studieren Sie denn?«, fragte er den Freund meines Onkels.

»Gar nichts«, sagte der. »Ich arbeite als Postbote. Wie Bodo«, fügte er hinzu, als würde das dieser Tätigkeit einen ganz besonderen Sinn geben.

»Ach so« – Oma Otti war etwas Entscheidendes eingefallen, das sie Bodo längst hätte sagen müssen – »det is übrigens Karl. Mein neuer Lebensjefährte.«

»Dachte ich mir«, sagte Bodo. Und an Karl gewandt: »Sie passen gut zueinander.«

Das hatte er zu Rudi wohl nie gesagt. »Danke schön, mein Junge«, sagte Oma Otti und strahlte übers ganze Gesicht.

»Arbeiten Sie mit Bodo zusammen?«, fragte nun mein Vater den Freund meines Onkels.

»Neenee«, sagte der, leicht amüsiert. »Ich bin für Charlottenburg zuständig.«

Charlottenburg! Das war ja Westberlin! Mein Vater war augenblicklich verunsichert. Musste er nun sofort los und seiner vorgesetzten Dienststelle eine entsprechende Meldung machen? Der Amtssprache nach war es nämlich unverhofft zu einem Westkontakt gekommen. Sicherlich musste er spätestens morgen, am ersten Weihnachtsfeiertag, ein Gesprächsprotokoll erstellen, wie es hieß. Sicherlich musste er sich jetzt jedes Wort genauestens merken. Das kann ja ein toller Heiliger Abend werden!, mochte er im Stillen seufzen.

»Hätt'ste doch sofort sehen können«, mischte sich meine Mutter ein. »Sieht man doch gleich: So 'ne schicken Schuhe gibt's bei uns nich. Und du willst Polizist sein …« Sie wandte sich Bodos Freund zu und fragte sehr

161

interessiert: »Und ihr seid also, so richtig … so … so 'n Paar?«

Bodo und der Langhaarige nickten gleichzeitig, grinsten sich an und gaben sich einen geräuschvollen Kuss auf den Mund.

Allgemeine Bestürzung. Auch ich fand: Das sieht ja komisch aus, wenn sich zwei Männer küssen. Meine Mutter fing sich als erste wieder und machte weiter auf locker: »Wie habt ihr euch denn so … so kennen gelernt?«

»Na hier, in der Schoppenstube«, gab Berthold ebenso locker zurück.

»Vor knapp fünf Monaten«, ergänzte Bodo. Wieder schauten sich die beiden verliebt grinsend an. »Da ist er mit 'n paar Freunden rübergekommen.«

Schoppenstube. Die war in der Schönhauser Allee. Prenzlauer Berg. Ich hatte davon gehört. Nur Männer gingen da rein. Was die außer Küssen dort sonst noch machten, wollte ich mir lieber nicht vorstellen. Na, schönen Dank auch.

»Und Sie sind also der Polizist«, stellte nun der Charlottenburger Postbote fest. Wollte er jetzt meinen Vater provozieren?

»Ich hab's ihm erzählt«, fügte Bodo hinzu, der sich sichtlich über die Verunsicherung meines Vaters freute.

Ohne eine Antwort abzuwarten, setzte Berthold sehr freundlich nach: »Haben Sie in Ihrem Dienst eigentlich auch mit diesen Flugblattaktionen zu tun?«

»Wie bitte? Was für Aktionen?« Mein Vater war ebenso ungläubig wie alarmiert.

»»Hände weg von Prag««, zitierte Berthold aus dem Gedächtnis. »»Bürger! Protestiert gegen den sowjetischen

Imperialismus‹. Solche Flugblätter wurden neulich heimlich in Ostberlin verteilt. Darüber lief 'n Bericht bei uns im Fernsehen, in der Abendschau.«

Ich hatte es schon immer gedacht: Mein Vater sollte Westfernsehen gucken, dann wüsste er zumindest jetzt passender zu reagieren. So aber sagte er nur: »Das ... Das kann nicht sein.«

»Warum denn nicht?«, wollte meine Mutter wissen. »Warum kann denn das mal wieder nicht sein?«

»Sowjetischer Imperialismus«, erwiderte mein Vater, »das ist nicht der Sprachgebrauch unserer Menschen. Das ergibt auch gar keinen Sinn. Protest gegen die sowjetische Zwangsherrschaft ... Sowas zum Beispiel, ja. Das hört man gelegentlich von Bürgern, die den Wert unseres Sozialismus noch nicht erkannt haben. Aber Imperialismus, nein, das bezieht sich eindeutig auf das andere gesellschaftliche System.«

»Diese ganzen Begriffe«, sagte Karl und schüttelte den Kopf, »die gehen ja mittlerweile alle tüchtig durcheinander. Da weiß man machmal gar nich mehr, wer was meint.« Er zwinkerte mir zu.

Für Oma Otti war das ein Schlusswort. »So, nu woll'n wir uns mal über wat anderet unterhalten als immer nur über die olle Politik.«

Dieser Vorschlag löste zunächst einmal Schweigen aus. Schließlich fragte meine Mutter den Freund meines Onkels: »Wie baut ihr denn eure Beziehung auf, wenn ihr euch so selten seht?«

Mein Gott, wie redete sie denn? Redete man so im Café NORD oder bei RENI?

»Ja, könnte wahrlich öfter sein als diese drei Mal im

Jahr«, sagte Berthold, und Bodo fügte hinzu: »Scheiß DDR.«

»Aber Hase, dafür hält's die Liebe frisch.« Berthold blickte Bodo tief in die Augen. Ich dachte: Oh nein, nicht schon wieder ein Kuss. Karl schien das Gleiche zu denken. Er fragte: »Will jemand 'nen Sherry?«

Ohne eine Antwort abzuwarten, holte er die Flasche hinterm Kanapee hervor. Hoffentlich, dachte ich, verführt ihn der Sherry jetzt nicht dazu, mit seinen geheimen Kenntnissen zu prahlen. »Von meinem Neffen aus Bayern«, sagte er stolz und goss jedem ein Likörgläschen voll.

Meine Mutter trank am schnellsten. Aber auch mein Vater war kein Kostverächter. Sollte das eine Art Wettstreit mit seiner Frau werden? Sie trank ihr drittes Glas. Er kippte daraufhin sein drittes, das er sich gerade hatte einschenken lassen. Er kam mir vor wie einer, der seinen Gegner, der bereits im Ziel war, noch überholen wollte.

Bodo und Oma Otti nippelten noch genüsslich an ihrem ersten Glas, während der langhaarige Berthold ohne sichtliche Schwierigkeiten mit meinen Eltern mithielt. Zum Glück hatte Karl mit dem Nachgießen zu tun oder wollte auf jeden Fall die Übersicht behalten. Zumindest trank er erheblich langsamer als an jenem anderen Abend.

»Mich würde ja mal interessieren, was Sie da unter der Mütze haben«, sagte meine Mutter zum Freund meines Onkels und grinste albern.

»Haare«, sagte der und nahm für zwei, drei Sekunden die Wollmütze ab.

»Aaah«, sagte meine Mutter. »Schöne volle Haare.«

Was war daran Besonderes? Was sollte das? Wollte sie mit dem Westpostboten anbändeln? Vielleicht hoffte sie, er wäre gar nicht schwul. Oder sie wollte beweisen, dass es so etwas eigentlich gar nicht gibt. Nur eine Verirrung, bis die Richtige kommt. Meine Mutter wollte vielleicht ein Mal die Richtige sein, wenn sie schon selbst nicht den Richtigen hatte. Jedenfalls öffnete sie ihren Dutt und prostete Berthold zu.

Mein Vater kippte schnell das nächste Glas. Jetzt hatte er meine Mutter überholt. Überholen ohne einzuholen. Er hatte es, wie mir schien, deshalb so eilig, weil es für ihn im betrunkenen Zustand leichter war, die Betrunkenheit seiner Frau zu ertragen. Berthold wandte sich erneut meinem Vater zu: »Die Polizisten in der DDR, habe ich gehört, üben eine Vorbildfunktion in der Bevölkerung aus.«

Wollte er den ABV Klaus-Dieter Jürgens veralbern oder aushorchen? Oder wollte er nur den Flirtversuchen meiner Mutter entkommen? Oder: War mein Vater schlicht und ergreifend sein Typ?

»Ja«, beeilte sich mein Vater zu sagen, »dafür werden wir geschult. Das unterscheidet uns zum Beispiel von den Polizisten in der BRD.«

Meine Mutter hob den Zeigefinger und flötete: »Die Polizei, dein Freund und Helfer.« Und prustete los.

»Sehr witzig«, sagte mein Vater und prostete speziell Berthold zu. »Übrigens, Klaus- Dieter.«

»Und ich der Berthold. Sehr angenehm.«

Meine Mutter kicherte dümmlich. »Da haben sich ja zwei gefunden.« Beifall heischend schaute sie zu Oma Otti.

Die aber achtete nicht auf ihre Tochter. Sie war ganz

ins Gespräch mit ihrem Sohn vertieft. »Weißt du noch«, sagte Bodo gerade, »wie du mir Lieder vorgesungen hast, wenn ich nicht einschlafen konnte?«

»Na klar«, erwiderte Oma Otti sofort. »Vier Jahre warste, da biste immer nachts uffjewacht. Ick hab dir in 'n Arm jenomm' und vorjesungen.«

»Weißte«, sagte mein Vater jetzt zu Berthold, »ich hätte zuerst wetten können, dass du mit deinen langen Haaren so 'n langhaariger Student bist ... Vielleicht sogar einer vom revolutionären Studentenbund der Freien Universität. Verstehste, was ich meine?«

»Na, nu bleib mal auf 'm Teppich«, mahnte meine Mutter und wirkte mit einem Schlag wieder nüchterner. Sie befürchtete wohl, dass ihr Mann von dem Bekennerschreiben im Fall Fisch-Winkler anfangen könnte.

»Ach Gott«, – Berthold winkte ab – »bei uns gibt's allerhand revolutionäre Studentenbünde. Die sind alle irgendwie links, aber die einen sagen so, die andern so. Die wissen nicht, was sie wollen.«

»Immer schön auf 'm Teppich bleiben«, wiederholte meine Mutter für meinen Vater. Der aber schien es zu genießen, von ihr zur Abwechslung mal nicht vorgeführt, sondern mit Besorgnis bedacht zu werden. Er sagte mit wichtiger Miene: »Es gibt aber nur einen Studentenbund, der Kommune 25 heißt ...«

»Ach, Kommunen, die gibt es jetzt wie Sand am Meer«, warf Berthold abfällig ein. Offenbar war für ihn nichts langweiliger als Kommunen.

»Was bedeutet denn eigentlich die 25?«, fragte Karl meinen Vater. Sofort war ich gespannt wie ein Flitzbogen. Wenn ich ein Verräter oder einfach blöd gewesen wäre, hätte ich natürlich mit meinem Wissen geprahlt, das ich von Karl höchstpersönlich hatte: 1925, das Jahr, in dem die übrig gebliebenen Spartakuskämpfer begannen, Arbeiterstreiks anzuzetteln. Offensichtlich wollte Karl in Erfahrung bringen, ob und wie viel die Polizei wusste. Das konnte gefährlich werden. Hoffentlich war Karl sich darüber im Klaren.

»Wenn wir das wüssten«, sagte mein Vater, in der Rolle des stets kombinierenden Kriminalisten. »Aber wir haben bereits diverse Nachforschungen angestellt. An der Freien Universität von Westberlin ist nichts bekannt von dieser Kommune.«

»Du hast Nachforschungen angestellt?« Die Stimme meiner Mutter kippte ins Hysterische. »An der Freien Universität in Westberlin? Du gehst doch tagein, tagaus nur um 'n Boxhagener Platz herum, guckst höchstens mal von Ferne über die Oberbaumbrücke in 'n Westen rüber. Du Hochstapler!«

Sie lachte kreischend, nah am Schluchzen. Trank schnell zwei Gläser Sherry hintereinander und hatte damit wieder meinen Vater überholt. Der murmelte hilflos: »Man muss doch nicht immer dabei sein … Man hört doch auch das eine und andere …«

Doch noch schlimmer als das Verhalten ihres Mannes war für meine Mutter wohl das innige Gespräch von Oma Otti mit ihrem Sohn. Die beiden hatten noch nicht einmal ihren Hysterieausbruch bemerkt.

»Es war einmal ein treuer Husar …«, erinnerte sich Bodo. »Oder ›Mein Hut, der hat drei Ecken …‹ Das waren die Lieder, die du mir vorgesungen hast. Wunderschöne Lieder, an die ich mich heute noch oft erinnere.«

Oma Otti hatte feuchte Augen vor Rührung, und plötzlich begann sie zu singen. Zunächst war ihre Stimme noch brüchig, dann aber wurde sie fest und vor allem ziemlich laut: »Mein Hut, der hat drei Ecken ... drei Ecken hat mein Hut ... und hätt er nicht drei Ecken ... dann wär er nicht mein Hut ...«

»Bravo«, rief Berthold und klatschte Beifall. Karl applaudierte ebenfalls und ich mit ihm. Dann klatschte auch mein Vater. Meine Mutter blickte starr vor sich hin. Bodo weinte.

»Es war einmal ein treuer Husar ...«, sang Oma Otti, und Karl stimmte mit ein. »Der liebte sein Mädel ein ganzes Jahr ... ein ganzes Jahr und noch viel mehr ... die Liebe naaahm kein Ende mehr ...«

»Ein ganzes Jahr, ist aber nicht viel«, sagte Berthold, nachdem er wieder Beifall geklatscht hatte, und tätschelte zärtlich Bodos Rücken.

»Ach, bei die Kerle weeß man doch nie«, entgegnete Oma Otti, um dann aber rasch hinzuzufügen: »Außer bei mei'm Kalle. Meine kleene Kallemaus.«

Was für zärtliche Worte. Aber damit nicht genug: Oma Otti nahm den großen Kopf ihres Geliebten in beide Hände und zog ihn zu sich heran. Dann bemühte sich ihre kleine Nase, an seinem riesigen Zinken vorbeizukommen, sodass sich beider Lippen treffen konnten. Und dann küssten sie sich. Und nicht nur, dass sie sich einfach so küssten, sie öffneten beide gleichzeitig ihre Lippen und ließen die Zungen miteinander spielen. Zungenschlag nannte man wohl diese Methode, obwohl die Zungen sich überhaupt nicht schlugen, sondern streichelten, einander umkreisten.

Mein Vater war bei diesem Anblick rot geworden. Um seine Verlegenheit zu überspielen, klatschte er betont fröhlich Beifall. Dafür erntete er einen strafenden Blick von Bodo und ein erneutes hysterisches Lachen meiner Mutter. So hysterisch hatte ich sie noch nie lachen hören. Aber ich hatte auch noch nie alte Leute beim Küssen gesehen. Karl und Oma Otti wollten überhaupt nicht aufhören damit.

Natürlich musste ich an Marita Fuchs denken. Wie sie mir angeboten hatte, sie zu küssen. Aber abgesehen davon, dass es nur eine Belohnung sein sollte, hätte ich sowieso keine Lust dazu gehabt. Auf dem Schulhof oder auf dem Boxhagener Platz wurde immer wieder geküsst, als gelte es, für eine Sportart namens Langzeitknutschen zu trainieren. Es sah jedenfalls meistens sehr nach Arbeit aus und nicht nach Vergnügen. Anders bei meiner Oma und Karl. Ich hoffte nur, dass ihrer beider Kreislauf nicht schlapp machte. Aber von einem ehemaligen Spartakuskämpfer und einer bewegungsfreudigen Grabpflegerin konnte man ja Ausdauer erwarten.

»Ick dachte«, lallte meine Mutter, »am Heiligen Abend findet auch mal zur Abwechslung 'ne Bescherung statt.«

»Zur Abwechslung kannste mal noch 'n bisschen warten, nich wahr«, erwiderte Oma Otti, deren Mund sich nur für die Dauer dieses Satzes von Karl gelöst hatte.

Erst als es auf einmal klingelte, ließen sie voneinander ab.

»Nanu, wer wird denn det wohl sein?«, fragte Oma Otti mehr zu sich als in die Runde.

»Vielleicht der Weihnachtsmann«, gab meine Mutter von sich.

Oma Otti ging die Wohnungstür öffnen und kam, gefolgt von den Oberleutnants der Kriminalpolizei, zurück.

»Ach, nee, doch nich der Weihnachtsmann«, witzelte meine Mutter. Niemand lachte. Sie selbst auch nicht.

»'n Abend allerseits«, sagte der mit der abgewetzten Lederjacke – es war dieselbe wie bei seinem letzten Besuch, als mein Vater sich mit der Fingerabdrucksflasche zum Idioten gemacht hatte. »Und frohes Fest natürlich.«

»Frohes Fest«, sagten Bodo, sein Freund, meine Mutter, mein Vater, meine Großmutter, fast wie im Chor. Nur Karl sagte nichts. Ich guckte zu ihm und sagte auch nichts. Er hatte noch Lippenstift am Mund und sah aus, als hätte er soeben einen Schock erlitten.

»Ja, frohes Fest«, sagte der mit dem lässigen Schnurrbart und schaute sehr freundlich, wie mir schien, vor allem mich an. Ich wich seinem Blick aus.

»Frohes Fest«, antwortete jetzt nur noch meine Mutter, woraufhin der Lederjacken-Oberleutnant ihr zulächelte, sich mit den Worten »Dieses schmackhafte Gebäck kenn ich doch!« ein Lebkuchenherz nahm und es in seinen Mund stopfte.

»Herr Wegner«, sagte der Schnurrbärtige, »Ihr Hauptaufenthaltsort ist inzwischen die Wohnung von Frau Henschel. Warum haben Sie sich nicht dementsprechend polizeilich umgemeldet?«

»Ich … Ich hab's mir vorgenommen für die Tage nach Weihnachten«, sagte Karl. Es klang kleinlaut, fast unterwürfig. Diesen Tonfall hatte ich bei ihm noch nie gehört.

»Das kann ich bestätigen«, sagte mein Vater mit einem Anflug von Selbstsicherheit, der daher rühren mochte, dass er die Kripobeamten inzwischen für größere Versager hielt als sich selbst.

»So«, sagte Oma Otti, »det wär ja dann jeklärt, nich wahr.«

»Wir wollten nämlich grad Bescherung machen«, nuschelte meine Mutter.

»Ja, das tut uns herzlich leid«, sagte der mit der Lederjacke. »Aber wir müssen Herrn Wegner mitnehmen.«

»Ein Verhör, nichts weiter«, ergänzte der Schnurrbärtige. Aber es klang alles andere als harmlos. Und wieder blickte er zu mir. Musterte mich regelrecht. Wollte er sehen, wie ich, gerade ich reagiere? Ich bemühte mich, überhaupt keine Reaktion zu zeigen. Ich schwitzte nur immer mehr.

Karl starrte hilflos vor sich hin. Warum reagierte er nicht? Aber vielleicht, dachte ich, ist das ja eine Taktik, die er beim Spartakusbund gelernt hat. Oder bei den Kommunenstudenten. »Herr Wegner, bitte kommen Sie«, sagte der mit der Lederjacke im Befehlston.

Karl rührte sich immer noch nicht. »'n Verhör, wozu denn?«, wollte Oma Otti wissen.

»Das werden wir Ihnen später mitteilen«, sagte der Schnurrbärtige, woraufhin Oma Otti kurzentschlossen erklärte: »Ick komm mit.«

Das klang endlich nach Widerstand. Obgleich er nicht von Karl ausging, packten ihn nun die beiden Männer rechts und links unter den Armen und zogen ihn von seinem Stuhl hoch.

»Wat bilden Sie sich denn ein!«, herrschte Oma Otti die Kriminalbeamten an. »Lassen Sie jefälligst mein' Mann in Ruhe.«

Mein Mann! Karl sollte also ihr siebenter Ehemann werden. Und ganz sicher der Wichtigste und Letzte.

»Lass mal, Otti, ick bin ja bald wieder da«, sagte er, aber es klang nicht überzeugend.

»Verhört ihn doch hier«, schlug mein Vater vor. »Dann können wir auch unseren Beitrag dazu leisten.«

»Hast du sie nicht mehr alle, Genosse Jürgens?«, kam vom Schnurrbärtigen, während der mit der Lederjacke selbst jetzt noch die Dreistigkeit besaß, meiner Mutter zuzulächeln.

»Wer hier nicht mehr alle hat, das ist noch die Frage«, gab mein Vater zurück. »Unbescholtene Menschen am Heiligen Abend belästigen, das ist doch alles, was ihr könnt.« Er lachte hämisch. Was sich mit Sicherheit auf den immer noch ungelösten Fall Fisch-Winkler bezog. Er kippte einen Sherry und sagte: »So, nu is aber Feierabend.«

Ich dachte, er wollte aufs Klo. Stattdessen ging er auf die beiden Oberleutnants los und versuchte, sie wegzuschieben.

»Du bist doch vollkommen besoffen, du Wicht«, schrie ihn der Schnurrbärtige an und schlug seine Linke mitten ins Gesicht meines Vaters, der ein wenig taumelte, bevor er rücklings auf den Fußboden fiel. Ich musste irgendwie sofort an Manfred Wolke, unseren Olympiasieger, denken. Mein Vater hätte wohl erst mal dessen Verteidigungsstil üben und sich dann mit den deutlich kräftigeren Kripobeamten anlegen sollen. Aber immerhin, der Versuch war schon was wert.

»Mörder!«, schrie meine Mutter den Schnurrbärtigen an. »Mörder!«

Sie heulte und zitterte am ganzen Körper. Oma Otti nahm sie in ihre Arme, woraufhin sie sich beruhigte, nur noch leise vor sich hin weinte. Karl küsste seine Geliebte, diesmal ohne Zungenschlag. Dann ließ er sich widerstandslos abführen.

Bodo und sein Freund kümmerten sich um meinen Vater: Knöpften ihm das Hemd auf, hoben seinen Kopf hoch, fechelten ihm Luft zu. So ernst die Situation auch war, ich konnte mir die Vorstellung nicht verkneifen, wie sie ihm auch die Hose aufknöpfen und da unten, wo es kein Pulver mehr geben sollte, rumhantieren würden. Die beiden Hormonsexuellen. Und dass sich nach Jahren endlich bei ihm da unten wieder was regen würde.

Nun ja, sie taten es nicht. Er kam auch ohne diese Wiederbelebungsmaßnahme zu sich. Und erntete das Schönste, was er sich wohl vorstellen konnte, das tollste Weihnachtsgeschenk seines Lebens: Einen bewundernden Blick meiner Mutter. Ohne es beabsichtigt zu haben, war er zu sowas wie einem Helden geworden.

Meine Mutter übernahm seine Versorgung: Sie legte seinen Kopf in ihren Schoß, wiegte ihn vorsichtig hin und her und begann, leise ein Lied zu summen. Ich glaube, es war: »Mariechen saß weinend im Garten ...« Aber, so undeutlich wie sie es summte, war ich mir nicht sicher.

Überhaupt herrschte jetzt eine stille, zärtliche Stimmung in der Runde, die vor Karls Verhaftung nicht denkbar gewesen wäre.

23

Am nächsten Tag, dem Ersten Weihnachtsfeiertag, ging mein Vater in die Notaufnahme des Krankenhauses Friedrichshain, wo bei ihm ein Nasenbeinbruch festgestellt wurde. Er kam mit einem großen Pflaster auf der Nase wieder, das ihn regelrecht verwegen aussehen ließ. Meine Mutter kochte eine große Schüssel mit seinem Lieblingspudding, Schoko mit Vanillesoße.

Am Abend ertönten durch die geschlossene Schlafzimmertür mir bis dahin unbekannte Laute: Ein seltsames Glucksen und Seufzen meiner Mutter, das immer rhythmischer und atemloser wurde und in einen verzückten Aufschrei mündete. »Mein tapfrer Klaus, mein tapfrer Klaus!«, jubilierte sie. Von meinem Vater war nichts zu hören, bis er plötzlich heftig losbrüllte. Es klang sehr nach Schmerz. Wahrscheinlich war ihm meine Mutter an die Nase gestoßen. Kurz darauf machten die beiden jedoch unverdrossen weiter. Ich fragte mich nur, in welcher Stellung. Ich stierte durchs Schlüsselloch, konnte aber in der Dunkelheit nichts erkennen.

Am 27. Dezember, dem ersten Tag nach Weihnachten, wurde mein Vater von seiner geliebten Tätigkeit als Abschnittsbevollmächtigter entbunden. Man bestrafte ihn mit Schreibstubendienst. In Pankow, weit weg von unserm Viertel, war seine neue Dienststelle. Völlig niedergeschlagen kam er nach Hause und berichtete, wie sein Vorgesetzter ihm klar gemacht hatte, dass er froh sein könne, angesichts des Versuches von Körperverletzung so glimpflich davon gekommen zu sein. Mein Vater heulte vor uns. Er schämte sich seiner Tränen nicht mehr.

Am dritten Tag nach Weihnachten, am 29. Dezember 1968, sprach sich in unserm Viertel eine Nachricht wie ein Lauffeuer herum: Karl Wegner hatte gestanden, Fisch-Winkler mit der vollen Bierflasche erschlagen zu haben. Weil bei ihm als Rentner die Gefahr einer Flucht in den Westen bestand, wurde er in Untersuchungshaft genommen.

Karl, der Täter! Im Grunde genommen überraschte mich das nicht. Er war also, zusammen mit Rudi, nach dem FEUERMELDER nicht durch die Straßen gezogen, sondern geradewegs in den Fischladen des Nazis und SS-Mannes gegangen. Für mich stand fest: Karl hatte als wahrer Kommunist gehandelt, bestimmt sogar als Kompagnon der Weststudenten.

Aber ich, fragte ich mich schlagartig, hatte ich ihn versehentlich verraten? Meine angebliche Verbindung zu Kommunen … die ganze Schule redete doch davon. Da konnte die Kripo schnell mal was aufgeschnappt haben. Dann hatten sie mein Personenumfeld, wie sie das wohl nannten, näher betrachtet und waren schnell auf Karl gestoßen. Keine große Leistung. Umso größer meine Blödheit. Ich versuchte, diese Vermutung beiseite zu schieben. Warum aber, fragte ich mich dann wieder, hatte mich der schnurrbärtige Kripo-Oberleutnant so freund-

175

lich angelächelt? Und regelrecht gemustert? War sein Lächeln vielleicht nicht nur freundlich, sondern auch eine Art Danksagung gewesen?

»Ick hab's jeahnt«, sagte Oma Otti, »ick hab's immer jeahnt.«

»Was?«, fragte ich erschrocken.

»Na, wat schon. Dass Karl et war.«

»Ach so. Ja, klar.« Mir fiel ein Stein vom Herzen: Sie meinte nicht meinen Verrat.

Vielleicht, kam mir plötzlich in den Sinn, ahnt oder weiß sie noch mehr über Karl, den Täter. »Hat er auch Rudi umgebracht?« Kaum hatte ich die Frage ausgesprochen, schämte ich mich für diese doch ziemlich dreiste Vermutung.

»Nein«, sagte sie aber ganz ruhig und mit vollstem Verständnis für meinen Verdacht.

Überhaupt trug sie ihre Trauer mit Würde. Weil sie keine Familienangehörige war, durfte sie ihn in der U-Haft nicht besuchen. Sie konnte auch nicht die Schwester und den Neffen in Bayern verständigen. Sie hatte keinerlei Adressen oder Telefonnummern, nicht einmal die Namen wusste sie.

»Det is 'ne Probe«, sagte sie überzeugt. »Det mit Karl is 'ne Bewährungsprobe, die der liebe Jott mir uffjegeben hat.«

Seit ihrer Kindheit betete sie, mindestens ein Mal in der Woche, bisweilen fast täglich, nunmehr täglich zwei oder drei Mal. Immer hatte sie nach dem Motto gebetet: Wer weiß, wozu es gut ist, schaden tut's jedenfalls nicht. Jetzt hielt sie »Zwiesprache mit Jott«.

»Was sprichst du denn mit ihm?«, fragte ich.

»Ick frag ihn zum Beispiel«, sagte sie wie selbstverständlich, »wie lange Karl in 'n Knast muss.«

»Und was antwortet er?«

»Bei Totschlag fünf bis sieben Jahre.«

»So genau sagt er das?«

»'t kommt mir so in 'n Sinn. Det is wie 'ne Einflüsterung. Aber davon verstehste noch nischt.«

Oma Otti war optimistisch angesichts dieser Vorhersage Gottes. »Wenn er raus kommt, is er sechsundachtzig oder schon achtundachtzig. Na und? Vielleicht wird er hundert!«

Im neuen Jahr, Mitte Januar, besuchte Karls Anwalt meine Großmutter und war ganz und gar Gottes Meinung. »Keine Vorstrafen. Tat folgte einem Streit. Alter Mann. Da wären sieben Jahre lange Zeit. Rechne mit fünf.«

Der Anwalt war ein Mann, der, wie ich fand, gut in den FEUERMELDER hineingepasst hätte: Unentwegt strich er sich mit der Zunge über die Lippen, als hätte er großen Durst.

»Hier, Brief von Karl Wegner«, sagte er weiter im Telegrammstil. »Für Sie. Persönliche Übergabe durch mich. Gewünscht von Herrn Wegner.«

Wenn er so vor Gericht spricht, dachte ich, wird das eine kurze Verhandlung.

Als der Anwalt fort war, setzte sich Oma Otti an den Küchentisch und strich ein paar Mal mit der flachen Hand über die Wachstuchdecke, wie um sich zu beruhigen. Dann öffnete sie den Brief, reichte ihn mir und bat mich, genauso wie bei dem Gedicht »Das scheintote Kind«, laut zu lesen.

»Liebe Otti!«, begann ich zu lesen. Mein Herz schlug heftig, vor Erwartung, vor Angst, aus allen möglichen Gründen. »Entschuldige bitte, dass du jetzt erst dieses Lebenszeichen von mir bekommst. Aber vorher war es nicht möglich. Vor allem aber entschuldige, dass ich dir die Tat nicht gestanden habe. Dir, meiner Geliebten. Meiner zukünftigen Ehefrau.

So eine Tat, wie schnell die sich ereignen kann! Nach dem Feuermelder sind Rudi und ich zu Fisch-Winkler gegangen. Er hatte keine Gäste mehr, war ganz allein in seinem Laden. Rudi, betrunken wie er war, brüllte ihn gleich an: Wieso stellst du meiner Frau nach? Fisch-Winkler, der auch nicht mehr nüchtern war, schrie zurück: Ich stell nach, wem ich will. Rudi wurde ganz rot im Gesicht, so hatte ich ihn noch nie gesehen. Ich sagte: Rudi, beruhig dich doch. Er aber sagte: Du halt mal schön den Schnabel, du bist auch nicht besser als der Karpfenkopf. Da sah Fisch-Winkler rot und schrie: Karpfenkopf, das nimmst du jetzt aber zurück! Rudi nahm nichts zurück, er brüllte nur: Wenn du noch einmal Otti nachstellst, bring ich dich um! Fisch-Winkler packte Rudi und versuchte, ihn aus dem Laden zu schieben. Da nahm ich mir eine Bierflasche und schlug zu.

Warum? Warum nur? Warum, Gott verdammt? Manches Mal habe ich mir gesagt: Rudi hätte einfach nicht in den Feuermelder kommen dürfen. Aber nein, die Schuld ist und bleibt auf meiner Seite.

Ich hätte dir alles erzählen sollen, und womöglich wären wir beide nach Bayern geflüchtet. Aber eine Flucht hätte bedeutet, dich aus deiner gewohnten Umgebung mit deinem geliebten Friedhof herauszureißen. Und dann, ja dann wollte ich Holger nicht zurücklassen. Der Junge ist mir ans Herz gewachsen.

Dieses Herz tut mir jetzt sehr weh. Ich hoffe, dass es nicht schlapp macht.

Ich umarme und küsse dich, meine Liebe. Dein Karl.

PS: Und bestelle Holger bitte einen revolutionären Gruß.«

Oma Otti liefen Tränen übers Gesicht. »Für mich hat er zujeschlagen«, schluchzte sie, mehr stolz als verzweifelt. »Für mich. Nur für mich … Ach, mein Kallemaus.«

Ich hingegen konnte ein Gefühl der Enttäuschung nicht leugnen: Karl hatte persönliche Motive gehabt, keine revolutionären. Aus Rücksicht auf Oma Otti ließ ich mir die Enttäuschung nicht anmerken.

Am Abendbrottisch erzählte mein Vater, was ihm in der Pankower Polizeidienststelle zu Ohren gekommen war: »Nachdem er zu Otti gezogen war, sind sie kurz vor Weihnachten in seine Wohnung eingebrochen und haben alles durchsucht. Dabei haben sie das Entscheidende gefunden: Einen Buchstabenschnipsel. Aus der Zeitschrift STERN …«

Karl war es also, der das Bekennerschreiben verfasst und an die Kripo geschickt hatte! Meine Mutter vermochte diesen logischen Schluss nicht zu ziehen.

Mein Vater erklärte es ihr in der sanftesten, liebevollsten Art, die ich je bei ihm erlebt hatte: »Karl hat die Buchstaben aus dem STERN rausgeschnitten, um seinen Text zu basteln: ›Der revolutionäre Studentenbund KOMMUNE 25 der Freien Universität Berlin sieht sich genötigt, auch in der DDR die Überbleibsel der düsteren deutschen Vergangenheit zu beseitigen. Tod den Nazis!‹

Mit diesem Schreiben hat er die Kripo total verunsichert. Von seiner eigenen Person abgelenkt. Die Kripoheinis fürchteten schon, dass wild gewordene Weststudenten richtige Mordzüge bei uns veranstalten wollen.« Mein Vater grinste schadenfroh. »Da hätte aber unsere liebe Kriminalpolizei vollständig einpacken können.«

Ein Buchstabenschnipsel. Unglaublich: Wie genial hatte Karl die Kripo getäuscht, und dann solch ein lapidarer Fehler! Aber warum hatten sie ausgerechnet seine Wohnung durchsucht? Ich wagte nicht, diese Frage zu stellen.

»Du kannst den Text ja immer noch auswendig«, sagte meine Mutter mit bewunderndem Blick zu meinem Vater, um dann in einem Anflug ungeahnter Selbsterkenntnis hinzuzufügen: »Ick könnt mir noch nich mal drei Worte davon merken.«

»Das ist auch nicht wichtig, mein Schatz.« Mein Vater sagte es wie eine Feststellung, die keinen Zweifel duldet. Dann wurde er ganz versonnen: »So einen gehaltvollen Text, den lernt man auch gern. Wer hätte das Karl zugetraut.« Er schüttelte traurig den Kopf. »Aber wie konnte er nur so blöd sein und diesen popeligen Zeitungsschnipsel übersehen.«

Ich saß da und staunte: Solche Worte aus dem Munde meines Vaters! Und was Karl anbelangte: Meine Enttäuschung über seinen Brief an Oma Otti hatte sich aufgelöst. Ich dachte: Klar, er hat ihr die Tat nur deshalb so geschildert, weil er ihr etwas Gutes tun wollte. Er hat sie aus Liebe angelogen. Tatsächlich hat er Fisch-Winkler vorsätzlich umgebracht. Als wahrer Kommunist. Als Verbündeter von Rudi Dutschke und den anderen Ho-

Chi-Minh-Anhängern. Warum sonst hatte er mir einen revolutionären Gruß zukommen lassen? Das war doch ein unmissverständlicher Fingerzeig! Und der Zeitungsschnipsel? Ach was, sagte ich mir, jeder Revolutionär macht mal einen blöden Fehler. Meine Angeberei wog dagegen tausendmal schwerer.

Das jedenfalls wurde mir vollends klar, als mein Vater, während meine Mutter Schokopudding mit Vanillesoße kochte, mich im Wohnzimmer beiseite nahm. »Die von der Kripo, hab ich gehört, hatten irgendwelche Vermutungen: Karl und Verbindung zu Kommunen und so was. Die hatten da irgendwie, irgendwo was gehört oder recherchiert oder was weiß ich. Das war schließlich das Fundament für die Verhaftung.«

Mein Vater sprach leise und schaute beschämt vor sich hin. Dann sagte er: »Ich hab … ich hab davon … gar nichts mitbekommen. Ich, der ABV. Ich kapier's nicht.«

Jetzt sah er mich an, als hätte ich es kapiert und könnte es ihm sagen. Ich aber konnte überhaupt nichts sagen. Ich war wie erstarrt: Das Fundament für die Verhaftung. Ich war dieses Fundament. Ich!

»Ja, Holger«, sagte mein Vater, der mein Entsetzen auf sich bezog. »Ich, dein Vater, der ABV, der sich immer eingebildet hatte, mindestens genauso gut Bescheid zu wissen wie die Kripo.«

Offenbar hatte er auch nicht mitbekommen, dass ich der Urheber der Gerüchte war. Und die Kripo hatte es ihm nicht gesagt. Oder die Kripo wusste es selber nicht.

In der Schule und auf dem Boxhagener Platz wusste man Gott sei Dank nichts von Karls Bekennerschreiben, sodass man auch hier nicht auf mich als Verräter kommen konnte. Ich war nicht mehr und nicht weniger als der fast angeheiratete Enkel eines echten Totschlägers.

Burkhard Stolle mit seinem trübsinnigen Säufervater beneidete mich am meisten. Mehr denn je verlangte er von mir, sein Freund zu sein. Marita Fuchs hingegen bedauerte mich – »das ist ja beinah schlimmer als einen Pornoliebhaber zum Vater« – und bot mir an, dass wir es als Paar noch mal versuchen sollten. Ich gab mich geschlagen und ließ mich, als sie mich wieder auf dem Schulweg abfing und in einen Hausflur drängte, von ihr küssen. Irgendwann, sagte ich mir, muss es ja mal sein, während Marita sich zu bemühen schien, meine Lippen wegzusaugen. Das ist er nun, dachte ich unter Schmerzen, der erste Kuss meines Lebens. Karl jedenfalls hatte es mit Oma Otti wesentlich besser getroffen. Ich riss mich los und sagte so schroff wie möglich: »So schlimm bin ich ja noch nie geküsst worden.« – »Du bist doch überhaupt noch nicht geküsst worden«, erwiderte Marita. »Bin ich doch!«, behauptete ich felsenfest und ließ sie wieder stehen. Noch am selben Tag machte sie sich an Harald Müncheberg ran und knutschte fortan in jeder Schulpause aufs Heftigste mit ihm.

Und Oma Otti? Sie war nun die Frau, für die der Geliebte zum Totschläger geworden war. Ihre Schmöker-Bekanntschaften gingen auf Distanz, insgeheim aber beneideten sie sie. Welcher Mann, fragten sich sicherlich sowohl Alma Hartmann als auch Lotti Schneider und Lenchen Runkehl, wäre denn für unsereins soweit gegangen?

Oma Otti richtete für sich und für mich eine Art Karl-Gedenkstunde ein. Nach jedem Mittagessen. Manchmal musste ich ihr »Das scheintote Kind« vorlesen, manchmal auch ein anderes Friederike-Kempner-Gedicht. Andächtig lutschte sie dabei einen der Eukalyptusbonbons, die Karl ihr tütenweise geschenkt hatte. Und schließlich und immer wieder schauten wir uns Karls Fotoalbum an. Fotoalbum war eigentlich eine etwas übertriebene Bezeichnung für die paar Blätter, die von einem zerschlissenen Einband notdürftig zusammengehalten wurden. Trotzdem sagten wir respektvoll: Sein Album.

Die Fotos, bräunlich vergilbt und mit Brandspuren an einigen Stellen, zeigten nur wenige Motive: Zum Beispiel Karl als Bauarbeiter, in einer Gruppe von Kollegen und lässig an ein Brückengeländer gelehnt. Oder Karl in Malerkleidung, eine Tapezierbürste wie ein Zepter in der Hand und frech in die Kamera grinsend. Oder auch Karl in einem schlichten Sonntagsanzug mit einer kleinen, spilligen Frau am Arm, zu der Oma Otti bemerkte: »Det is schon Magda. Kalle war da schätzungsweise um de dreißig.«

Um die dreißig. Das konnte, genauer gesagt, 1919 gewesen sein, im Jahr des Spartakusbundes. Hatte Karl auf dem Foto nicht jenen trotzig-entschlossenen Gesichtsausdruck, der zu einem Spartakuskämpfer gehörte wie das Bajonett am Hosengürtel? Natürlich hatte er das Bajonett nicht dabei, wenn er im Sonntagsanzug mit Magda spazieren ging. Und hielt er die Tapezierbürste nicht wie ein Symbol der mutigen Arbeiterstreikbewegung? 1925, da war er sechsunddreißig. Und Karl als Bauarbeiter? Vielleicht hatte er seine Kollegen gerade zum Streik überredet. Er kostete seinen Erfolg aus, indem er lässig am Brückengeländer lehnte und über wirkungsvolle

Kampfparolen nachdachte. Unzweifelhaft stellte der große Kopf mit der großen Nase den Bildmittelpunkt dar. Besser hätte der Fotograf den Streikführer nicht würdigen können.

Woher mochten nur die Brandspuren auf den Fotos stammen? Kaum vorstellbar, aus welch gefährlichen Situationen Karl sein Album hatte retten müssen. Wer weiß, was für tolle Aufnahmen dabei verloren gegangen waren.

»Wat war er nur für 'n schöner Mann«, schwärmte Oma Otti beim Anblick des sechsunddreißigjährigen Karls, um dann schnell hinzuzufügen: »Ick meine, is er immer noch. Findste nich ooch?«

Ich nickte bestätigend, plötzlich aber begannen mein Mund und mein Kinn zu zittern, und ich vermochte meine Tränen nicht mehr zurückzuhalten. Immer heftiger weinte ich und vergrub wie ein kleines Kind mein Gesicht in Oma Ottis Schoß. Sie legte ihre Arme um mich und redete mir zu: »Mein Junge, nu is ja jut. Is ja jut. Kannst doch nischt dafür, dass et so jekomm' is. Kannste doch nich …«

Ahnte sie etwa, dass ich doch etwas dafür konnte? Redete sie dennoch oder gerade deshalb derart beschwichtigend auf mich ein? Ich war nahe daran gewesen, ihr meinen Verrat zu beichten. Jetzt ließ ich mich von ihrer warmen Stimme, in der soviel Sorge um mich mitschwang, beruhigen.

Ich wischte meine Tränen an ihrem Rock ab, hob langsam den Kopf aus ihrem Schoß und sagte mit einem Blick auf Karl am Brückengeländer: »Guck mal, was für lange Haare er damals hatte. Bis über die Ohren.«

»Ja«, sagte Oma Otti. »Sieht schick aus.«

Jeder andere mit Haaren bis über die Ohren war für Oma Otti »'n oller Beatle«. Nur Karl war eben nicht jeder andere.

Ich beschloss, eine ganze Weile nicht mehr zum Frisör zu gehen. Auf dem Boxhagener Platz erntete ich Bewunderung, als meine Ohren nicht mehr zu sehen waren. Und Oma Otti störte sich ebenso wenig daran wie meine Eltern. Erst als sich die Haare im Nacken unordentlich zu kringeln begannen, sagte sie: »Na, Holger, jetzt wird's aber mal wieder Zeit für 'n Fassonschnitt. Würde ooch Kalle sagen, kannste mir glooben.«

24

Der Prozess gegen Karl war für Mitte Februar vorgesehen. Am 3. Februar besuchte sein Anwalt abermals meine Großmutter.

»Neue Nachricht von Herrn Wegner«, sagte er mit gesenktem Blick. »Gestern Nachmittag. Plötzlich verstorben. Herzversagen.«

Oma Otti war wie versteinert. Der Anwalt fragte, ob und wie er helfen könne, sie aber reagierte nicht. Erst als er gegangen war, wachte sie aus der Versteinerung auf und teilte mir klipp und klar einen Entschluss mit: »Wenn Karl unter de Erde kommt, jibt's keine Rede. Kein dußlichet Jequatsche. Kein Wort!«

Als mein Vater am Abend von Karls Tod erfuhr, meinte er sofort, die Beamten in der U-Haft hätten ihn umgebracht. Daraufhin kündigte er an, seinen Polizeidienst aufzugeben. Er wollte stattdessen lieber als Hilfsarbeiter weiterleben. »Auf 'm Friedhof«, plante er schon konkret, »da suchen sie doch immer irgendwelche Leute, die Gräber ausheben und Särge tragen.«

Nun sprach zur Abwechslung meine Mutter mit der Stimme der Vernunft: »Du kannst dich doch nich ins gesellschaftliche Aus begeben. Davon haben wir alle nichts!«

Mein Vater widersprach ihr nicht. Er blieb Polizist im Schreibstubendienst. Was hatte ich auch erwartet? Dass er Revolutionär wird?

Zur Beisetzung auf dem St.-Petri-Friedhof erschienen außer meinen Eltern, Bodo und seinem Freund und natürlich mir und meiner Großmutter auch Jochen Grundorff und seine Freundin Rita, Dr. Klemm und der Wirt Helmut Dunckelmann, der einbeinige Harry Kupferschmidt und Anton der Neigentrinker, der ehemals verschüttete Eddy und sogar Karls Anwalt. Oma Otti hatte gegen die Stammgäste aus dem FEUERMELDER nichts einzuwenden. Es wäre einfach nicht in Karls Sinne gewesen, sie wegzuschicken oder auch nur schief anzusehen. Außerdem war Karl in ihren Augen »'n echter Kerl, der einfach mal Näjel mit Köppe jemacht hat und nischt weiter«, wie Harry Kupferschmidt es formulierte, als wir uns alle am Eingang zum Friedhof versammelten.

Nach einem kurzen stummen Verweilen in der Kapelle – es gab nicht nur keine Rede, sondern auch keine Musik – nahm meine Großmutter die Urne und trug sie zur frisch ausgehobenen Grabstelle, unweit von Fisch-Winkler und Rudi. Ich musste mich bäuchlings auf die hart gefrorene Erde legen, um das Behältnis, das, wie ich mir nicht anders vorstellen wollte, ausschließlich Karls Asche enthielt, in das Loch hinabzulassen.

»Ick werd jeden Tach deine schönen Schlüpper tragen«, sagte Oma Otti zur Urne, bevor die unter den Händen voll Sand bald nicht mehr zu sehen war.

Zwei Tage später erhielt Otti eine Postkarte vom Frisiersalon Teichmann aus der Krossener Straße, der, wie auf der Karte stand, in den leidvollen Tagen einen kleinen Trost spenden wollte und meine Großmutter zu einer kostenlosen Frisur einlud. »Det kommt von Karl«, sagte sie und stiefelte los, um sich ihre Friederike-Kempner-Frisur erneuern zu lassen. Auch Karl hatte sich also noch einmal gemeldet.

In den nächsten Tagen und Wochen, in den Winterferien, im Frühjahr danach und auch später noch, meist abends im Bett, vor dem Einschlafen, stellte ich mir immer lebhafter vor, wie ich auf dem Boxhagener Platz von der revolutionären Ader meines Wunschgroßvaters erzählte. In meinen Gedanken schilderte ich ihn als Spartakuskämpfer, der mit seinen verwegenen Straßenschießereien den Frauen imponiert hatte, und besonders rühmte ich ihn als mutiges und sehr aktives Mitglied des revolutionären Studentenbundes KOMMUNE 25, der sich auf die Tradition der Spartakuskämpfer bezog, die 1925 in einer Art Wiederauferstehung etliche Arbeiterstreiks angezettelt hatten.

Nicht alle, sagte ich mir, würden mir glauben, aber auf jeden Fall solche entscheidenden Leute wie Jochen, Rita und sogar Mirko Buskow. Mirko Buskow war inzwischen mit Annegret Peters zusammen. Mir war es nur recht. So wurde ich von ihr wenigstens nicht mehr belästigt.

Schließlich stellte ich mir vor, wie ich behaupten würde, Karl hätte zum engen Kreis um Rudi Dutschke gehört und wäre kein Geringerer gewesen als der Alterspräsident der KOMMUNE 25. Mit der besonderen Aufgabe, alte Nazis in unserm Viertel zu beseitigen. Einmal machte ich Oma Otti gegenüber eine solche Andeutung. Sie sagte prompt: »Hör mir bloß uff zu spinnen.

Wer weeß, wat die Polizei dann wieder denkt, wenn de so wat erzählst. Du bringst mir noch in Teufels Küche.«

Nicht nur die alten Nazis in unserm Viertel, dachte ich mir fortan, waren von Karl und seiner Kommune ins Visier genommen worden, nein, Fisch-Winklers musste es doch überall in der DDR geben. Und wie war es mit Walter Ulbricht, dem nuschelnden Sachsen mit dem Zickenbart, dem einstigen Verbündeten von Joseph Goebbels, dem Mordkomplizen von Josef Stalin? Der dürfte wohl sehr gefährlich leben in Zukunft, frohlockte ich. Karls Kommune jedenfalls würde den Tod ihres Alterspräsidenten mit Sicherheit nicht ungerächt lassen.

In dieser geheim gehaltenen Art wurde meine Legende für mich immer größer und wertvoller. Nur von dem Gefühl, zum Verräter geworden zu sein, konnte sie mich nicht erlösen.

25

Karl wird mir bald nachholen, janz sicher«, sagte Oma Otti immer wieder. Mal sagte sie es im Ton einer unumgänglichen Tatsache und mit einem Bedauern, das mir galt, mal in geradezu freudiger Erwartung. Immerhin dauerte es noch viereinhalb Jahre, ehe es soweit war.

Es war ein heißer Julitag, kurz vor ihrem achtzigsten Geburtstag. Sie hatte schon drei Grabstellen gegossen, als sie sich dem Grab von Magda Wegner zuwandte und plötzlich zusammenbrach. Herzversagen. »Na, Magda, ollet Haus«, soll sie in freundschaftlichem Ton gerade noch gesagt haben, so wurde erzählt. In ihrer Jackentasche fand man einen Brief, adressiert an meine Eltern.

Wie sie in diesem Brief festgelegt hatte, erfolgte auch ihre Beisetzung ohne Rede und ohne Musik, nur mit einem zweiminütigen stummen Verweilen in der Kapelle des St.-Petri-Friedhofs. Dann trugen meine Mutter und Bodo die Urne gemeinsam – auch das hatte Oma Otti festgelegt –, und Bodo versenkte sie in Karls Grab. Den ganzen Weg über hatte ich Angst, sie würden stolpern und die Urne fallen lassen. Aber die beiden waren ein gutes Team.

Ich war nicht abergläubisch, und dennoch wartete ich

darauf, dass Oma Otti sich bei mir meldete. Nach fast zwei Monaten – ich rechnete mit keinem Zeichen mehr – entdeckte ich beim Durchblättern des Gedichtbandes »Das scheintote Kind« einen kleinen Zettel, der nur an mich gerichtet war:

»Lieber Holger, ich hoffe, dir geht es gut, und du bist ein anständiger Junge. Aber jetzt will ich dir sagen, was ich mir von dir wünsche. Ich wünsche mir ganz im Sinne von Karl, dass du mal eine richtige revolutionäre Rede hältst, wie Karl sagen würde. Wo alle nur staunen und staunen und denen mit der Macht angst und bange wird. Verstehste? Deine dich liebende Oma Otti.«

Ich habe so eine revolutionäre Rede nie gehalten. Auf dem Boxhagener Platz nicht, in der Schule nicht, nirgendwo. Auch über meinen Verrat habe ich nie gesprochen. Bestimmt hängt das eine mit dem anderen zusammen. Die Hoffnung jedoch, eines Tages über diesen Schatten zu springen, habe ich nicht aufgegeben.

Das Original Hörspiel zum Film

2 CD ISBN 978-3-8337-2530-2

Hochkarätig besetzt mit den Stimmen
von **Jürgen Vogel**, **Meret Becker**,
Michael Gwisdek, **Gudrun Ritter** u. v. m.

Am Anfang war das Wort. *Goya* LiT
www.goyalit.de